어른 냄새

초판 2쇄 발행 2021년 6월 1일

지은이 정승희
펴낸이 정혜숙
펴낸곳 마음이음

책임편집 여은영   디자인 김세라
등록 2016년 4월 5일(제2016- 000005호)
주소 03925 서울시 마포구 상암동 1602 문화콘텐츠센터 5층 6호
전화 070-7570-8869   팩스 0505-333-8869
전자우편 ieum2016@hanmail.net
블로그 https://blog.naver.com/ieum2018

ISBN 979-11-89010-51-5 43810

어른 냄새 정승희

마음이음

| 차례 |

어른 냄새

그게 말이다.

그렇게 긴 게 말이다.

주차장 위에 그어져 있는 주차 구역 흰색 선과 나란히 누워 있었다.

주차장에는 아무도 없다. 나는 그것을 뚫어져라 쳐다보며 재빠르게 움직였다. 나는 얼른 그것 앞에 서서 신발로 잽싸게 가렸다.

긴 담배꽁초가 내 신발 옆에 누워 있다.

우리 동 앞의 주차장에 자동차가 별로 없는 것이 오늘처럼 원망스러웠던 적은 없었다. 102동부터 110동 앞에는 검거나 하얗거나, 크거나 작은 차들이 죽 세워져 있다. 하지만 우리 동은 임대 아파트라 그런지 입구에 차들이 별로 없다. 있어도 작은 차들이 가끔 세워져 있는 게 다.

바로 경비실 초소에 대머리 아저씨가 있는지 없는지 살펴보았다. 없다. 우리 101동 초소에 있는 대머리 아저씨는 진짜 부지런하다. 이렇게 추운 날에도 청소하러 갔을 거다. 재활용하는 날에도 옆집 할머니가 종이랑 비닐을 들고 나오면 얼른 달려와 받는다. 그러곤 헤벌쭉 웃으신다. 연기가 모락모락 날리는 담배 하나를 입에 물고서.

"아이고, 담배 좀 작작 피우지 그랴."

옆집 할머니는 담배 연기를 마시지 않으려고 아저씨와 떨어진다. 하지만 그리 싫지만은 않은 것 같다. 항상 웃는 아저씨 얼굴에 누가 인상을 쓸 수 있을까.

경비 아저씨가 지나가면 어른 냄새가 난다. 할아버지 냄새 같기도 하고 아저씨 냄새 같기도 한⋯⋯. 아저씨들이 스쳐 지나갈 때 풍기는 퀴퀴하면서도 힘 있어 보이는 냄새.

우리 집에서는 맡을 수 없는 냄새다.

아빠가 없으니 그런 남자 냄새를 집에서는 맡을 수 없다. 남자라고는 나밖에 없으니⋯⋯. 집에서는 엄마의 반찬 냄새가 폴폴 난다. 내 몸에도 반찬 냄새가 배어 있을지 모른다. 그래서 귀찮지만 씻을 때 꼼꼼히 씻는다.

나는 아저씨의 입술 가장자리에 물린 담배가 신기하기만 했다. 담배 끝에서 유유히 흘러나오는 연기가 멋있기만 했다. 나도 저렇게 담배를 피워야지. 물론 커서, 라고 생각할 뿐이다.

그런데 오늘, 바로 그 담배가 마치 나를 기다렸다는 듯이 내 앞에 버젓이 누워 있는 거다. 그러니 그냥 지나칠 수가 없지 않은가. 신발 옆에 얌전히 누워 있는 담배꽁초를 슬쩍 내려다봤다. 거의 한 개비 그대로 완벽하다. 이제 손을 뻗어서 줍기만 하면 된다.

살짝 앉는 척하면서 손을 살며시 내리려는 순간이었다.

"저기, 애! 105동 가려면 어디로 가야 하니? 잘못 들어왔나 봐."

'어이쿠! 심장 떨어지는 줄 알았네.'

어떤 아줌마가 과일 바구니를 들고서 이리로 오고 있었다.

"저기 철조망을 돌아서 가면 105동으로 가는 길이 나와요."

나는 그 자리에 꼼짝 못 하고 서서 손가락으로 방향을 가리켰다.

"아파트에 웬 철조망이야. 들어가는 문도 복잡하고."

회색 코트를 걸친 아줌마는 짜증 난 얼굴이었다. 고맙다는 말도 없이 내 앞을 지나갔다. 향수 냄새가 코를 간질였다. 화장품 냄새가 좋았다. 반찬 가게에서 지지고 볶으며 항상 반찬을 만드는 엄마한테서는 맡을 수 없는 냄새다.

'휴~. 어쨌든 빨리 사라졌으니 다행이다.'

이제 담배꽁초를 얼른 주울 차례다. 병아리를 낚아채는 독수리처럼 잽싸게 담배를 집어 들었다. 내 손에 들어온 담배꽁초를 보조 가방 앞주머니에 슬쩍 넣었다. 엄마한테 갖다 주기로 한 반찬 통들이 가방 안에서 달그락거리고 있었다.

가슴이 뛰었다. 어디선가 '대가리에 피도 안 마른 것이 담배를 피워!' 하며 내 머리통을 콱 때릴 것 같았다. 얼른 피하는 수밖에 없다. 101동과 102동 중간에 둘러 쳐진 철조망 사이로 난 길을 달렸다. 엄마의 반찬 가게가 있는 정문 쪽이었다.

'아, 엄마 가게로 가면 안 되지.'

나는 방향을 바꿔 후문 쪽 상가로 달려갔다. 거기 상가 화장실에 가기로 마음먹었다.

'이런, 라이터도 필요하잖아.'

잠깐 꾸물거리며 생각을 정리하고 있을 때였다.

"김은기!"

"엄마야."

어른인 줄 알고 화들짝 놀라 돌아보았다. 주성이었다.

"어디를 그렇게 달려가냐?"

주성이는 내가 신기하다는 듯이 빙글거렸다.

"너 뭐 잘못했구나. 내 눈은 못 속인다."

"난 또 어른인 줄 알았네."

주위를 살펴보는 나를 주성이가 위아래로 훑어보았다.

"너보다는 어른이지. 그런데 어딜 그렇게 정신없이 가냐?"

나는 오히려 잘됐다는 생각이 들었다. 혼자서는 솔직히 용기가 나지 않았으니까.

"저기 있잖아. 내가 말이다. 뭘 하나 주웠는데. 그게 좀⋯⋯."

주성이는 궁금해서 그런지 내 앞으로 바싹 다가왔다.

"뭔데?"

"여기 가방 안에 있는데⋯⋯."

"뭐야 인마. 궁금해 죽겠네."

주성이는 침을 꿀꺽 삼켰다.

"나 담배 하나 주웠어."

주성이는 눈을 한번 껌벅거리더니 고개를 끄덕였다.

"피우려고?"

"아니, 꼭 그런 거는 아닌데. 궁금하잖아."

"은기야, 어린애는 피우지 마라. 뼈 삭는다. 꼴통도 나빠지고."

주성이는 손가락으로 내 머리를 콕콕 누르면서 으스댔다.

"어쭈, 지가 무슨 어른이라고."

"난 피워 봤거든. 그런데로 뭐 피울 만해. 하지만 너 같은 어린애들은 그 맛을 알 리가 없지. 네가 인생의 쓴맛을 알겠냐?"

주성이는 담배를 피워 봤을 수도 있다. 주성이네 아빠가 담배를 피우시니까 몰래 피워 봤겠지. 우리는 110동 쪽으로 자연스럽게 걸어갔다.

"너 라이터 있냐?"

"너 진짜 피우려고?"

주성이는 껌벅, 눈을 한번 감았다 뜨더니 내 보조 가방을 내려다봤다.

"응. 내년에 3학년 되면 빡세게 공부해야 하잖아. 추억 하나 만들지, 뭐."

후문 상가가 보이기 시작했다. 화단가에 키 작은 나무들은 반짝거리는 전구들을 뒤집어쓰고 있었다. 날이 벌써 어둑어둑해지고 있었다. 크리스마스가 아직 3주나 남았는데 벌써 정문에는 커다란 크리스마스트리가 서 있었다.

후문에도 화단가에 있는 나무들 가지 위로 작은 전구를 감아 놨다. 멀리서 보면 예쁜데 바로 앞에서 보니 나무들이 힘든 것 같았다. 만지면 뜨거울 것 같은 전구들을 계속 머리에 이고 있어야 하니 얼마나 힘들겠냐 말이다.

참, 어른들이란⋯⋯. 자기들 눈요기하려고 여러 생명 못 살게 만든다니까. 우리들 봐라. 저기 힘들게 크리스마스트리 노릇을 하는 나무랑 똑 닮았다.

내가 딱 저 나무다. 온갖 궂은일은 내가 다 한다. 내 동생만 봐도 요리조리 잘만 피해 다니는데 나는 왜 요령이란 걸 모르는 착한 유전자만 가지고 태어났느냐 말이다. 어흑, 엄마가 동생한테 시킨 심부름을 내가 지금 하고 있으니 더 화가 난다.

엄마가 배달 간다고 통을 가져오라고 동생한테 말했는데, 이 녀석이 도망가 버렸다. 엄마한테 먼저 반찬 통을 갖다 주고 할까? 아니야. 엄마가 배달을 간다고 했으니 꼼짝없이 가게를 지키고 있어야 할 거야. 그럼 깜깜해질 거고 시간이 지나면 오늘, 이 담배를 못 피우게 될 거야. 엄마한테 조금 늦게 가더라도 이걸 한번 피고 가는 게 낫지.

"주성아, 너 라이터 있냐니까?"

"없어. 집에는 있지만. 아빠 거."

"그럼 얼른 뛰어갔다 와. 난 상가 2층 화장실 앞에 있을 테니까."

"어휴, 애들은 못 말린다니까. 이 형이 피워 보니 별로였다고."

주성이는 이렇게 말하면서도 우리 동 쪽으로 냅다 뛰어가기 시작했다.

"은기야, 나 올 때까지 기다리고 있어."

후후, 나는 웃음을 날리며 상가 안으로 들어갔다. 상가에는 돈가스집, 복덕방, 세탁소, 치과, 약국, 김밥집이 있다.

그리고 우리 엄마랑 라이벌인 '할머니 손'이 있다. '할머니 손'도 반찬 가게다. 주인은 할머니도 아니면서 가게 이름을 '할머니 손'이라고 떡 붙여 놓고 손님을 받는다. 후문 상가에 '할머니 손'이 생기면서 엄마는 더 바빠졌다.

엄마는 반찬 배달은 안 했었는데, '할머니 손'이 생기고부터
는 손님 빼앗긴다고 배달 일까지 했다. 그래서 가끔은 내가 가
게를 봐야 한다. 귀찮아졌다.

나는 '할머니 손'을 째려보면서 돈가스집 앞을 지나쳐 천천히
상가 건물 뒤쪽으로 갔다. 1층 입구에는 사람들이 많이 다니
니까 약간 떨어진 곳에서 주성이를 기다리기로 했다. 어떤 아
저씨가 화단 근처에서 담배를 물고 뻐끔거리고 있었다. 그 냄
새가 좋지는 않았지만 그렇다고 싫지도 않았다.

"콜록콜록!"

아저씨는 밭은기침을 했다. 그러면서도 담배는 손에 들고 있
었다.

"아이고, 이거 끊어야 하는데 영……."

아저씨는 담배를 땅에 비벼 껐다. 입을 손으로 감싸며 밭은
기침을 또 하며 아파트 입구로 걸어갔다. 아저씨가 가고 나서
도 주성이는 오지 않았다.

'아빠한테 걸렸나?'

초조하게 기다리는데 땅바닥에 뭔가가 떨어져 있었다. 아저
씨가 담배를 끄던 근처에 라이터가 떨어져 있었다. 나는 얼떨결
에 라이터를 주워 2층 화장실 안으로 들어왔다. 문을 잠갔다.

손 씻는 바깥은 환하게 전등이 들어오는데 변기가 있는 화

장실 칸은 불이 나갔는지 어둡다.

그냥 서 있기도 뭐해서 바지를 입은 채로 변기 위에 앉았다. 가방 앞주머니를 살며시 열었다. 담배를 꺼냈다. 하얀 담배가 어두운 화장실에서 빛이 나는 것 같았다. 그걸 입으로 가져갔다. 입술 사이에 물었다.

이상야릇한 담배 냄새가 코끝을 스쳤다. 어른 냄새였다. 가끔 주성이네 집에 가면 그런 냄새가 났다. 하지만 주성이네 집에서는 남자 냄새뿐 아니라, 반찬 냄새와 꼬리꼬리한 냄새까지 덩달아 나기 때문에 별로다. 주성이 엄마는 일찍 돌아가셨다. 엄마가 집에 없으니 청소를 잘 하지 않는 그런 냄새까지 나는 것 같았다.

다시 담배를 물고 담배 냄새를 코로 들이마셔 보았다. 독한 풀 냄새가 맡아졌다.

'엄마한테 빨리 가 봐야 하는데. 주성이가 오기 전에 먼저 피워 볼까?'

주머니에서 조금 전에 주운 라이터를 꺼냈다. 그때 문소리가 났다.

'주성이인가?'

주르륵! 소변 떨어지는 소리가 들린다. 이어서 물 내리는 소리. 주성이가 아니다.

다시 조용해졌다. 창밖은 더 어두워지고 있었다.

'안 되겠어. 먼저 얼른 피워 봐야겠어.'

라이터를 켜 봤다. 가스 냄새가 코에 훅 끼치면서 불꽃이 올라왔다. 화장실 안이 환해졌다. 크리스마스트리에 있는 불보다 더 환한 것 같았다.

'좀 더 기다릴까?'

누군가가 들어왔다. 문을 똑똑 두드린다.

"주성이냐?"

밖에서 큼큼거리는 아저씨 소리만 들린다.

'아니구나.'

큼큼거리던 아저씨는 옆 화장실로 들어갔다. 풍덩, 큰 거 떨어지는 소리가 들리고 구린내가 풍긴다. 나도 모르게 물을 내렸다. 냄새가 조금 없어지는 것 같았다. 저쪽에서도 물 내리는 소리. 문 여닫는 소리. 그리고 나가는 소리. 다시 조용해졌다.

더 기다리다가는 또 어른이 들어올지 모른다. 얼른 피우고 나가야겠다.

'이 녀석은 왜 이리 안 오는 거야.'

이번에는 담배를 먼저 입에 물었다. 가슴이 두근거렸다. 엄마가 혼내는 얼굴도 떠올랐다. 하지만 엄마는 내가 담배를 피웠는지 알 수가 없다. 치익, 라이터를 켰다. 움찔했다. 손이 떨렸다. 갑자기 주위가 환해지니 금방 들킬 것만 같았다. 화장실 안이 대낮처럼 밝다. 치지직, 타오르는 불을 담배 끝에 갖다 댔다. 떨리는 마음이 가라앉았다. 크리스마스트리처럼 불빛은 예쁘게 보였다.

'경비실 아저씨처럼 멋지게 피워야지.'

심호흡을 하고 한 모금을 깊게 들이마셨다. 뭔가 뜨거운 것이 목 안 깊숙이 들어오는 것 같더니만 이내 숨이 턱 막혔다.

'아, 이게 뭐지?'

목구멍 안으로 이상한 게 쳐들어오는 것만 같았다. 그리고 갑자기 터지는 기침. 목이 따끔따끔 아팠다. 매웠다. 눈물이 찔끔찔끔 나올 정도로 매웠다.

다음에는 밭은기침이 터져 나왔다.

"쿨럭! 쿠울럭!"

세상이 빙글 돌았다. 다리에 힘이 풀리고 바닥에 주저앉을 것만 같았다.

"은기야."

주성이 목소리가 들렸다.

"으, 으응. 여기."

나는 잠근 문을 힘겹게 열었다. 문을 열다가 담배꽁초가 바닥으로 떨어졌다. 물 위에 떨어져 치지직 담뱃불은 꺼졌다.

"아이, 새끼. 기다리라니까."

나는 대답할 수가 없었다. 까만 화장실 천장이 빙빙 돌았다. 속이 울렁거렸다. 메스꺼웠다.

"괜찮아?"

"나…… 토 나올 것…… 같아."

나는 주저앉아 변기를 붙들고 우웩거리기 시작했다. 울렁거리는데 입에서 나오는 건 물밖에 없었다. 주성이가 등을 두드려 주었다.

퍽! 퍽!

그래도 메스껍고 울렁거리는 속은 쉽게 가라앉지 않았다.

눈물 콧물을 쏟으며 주저앉았다. 한참 그러고 있으니 차츰 괜찮아졌다.

"이런 거면 피지 말라고…… 우웩, 가르쳐 주지."

"사실은 나도 아직 안 피워 봤어. 헤헤."

주성이는 씨익 웃었다.

"자식, 그래 놓고 피워 봤다고 뻐겼어?"

"미안하다, 인마."

"이렇게 쓰고 매운 담배를 어른들은 왜 그렇게 맛있게 피우는지 모르겠다."

"우리 아빠도 담배가 맛있대. 집에서 놀 때는 쓰고."

또 속이 울렁거린다. 변기에 토를 해 보았지만 더 나올 것은 없는 것 같았다.

"나가자. 냄새 난다."

주성이가 손을 잡아 주었다. 다리가 휘청거렸다. 상가를 나오니 바깥은 이미 어두워졌다. 후문 쪽 화단에서 반짝거리는 전구들이 몽땅 담뱃불처럼 보였다. 간신히 발을 떼었다. 아직도 어지러웠다.

"주성아, 우리 엄마 가게까지 같이 가 줄래?"

"지구 끝까지 가 줄게. 우하하하."

우리는 정문 상가까지 낄낄거리며 왔다. 엄마 반찬 가게 '엄마 손'으로 들어왔다.

"은기, 이놈의 자식! 지금이 몇 신 줄 알아? 이제사 오면 어쩌라는 거야?"

엄마는 화가 많이 나 있었다.

"아줌마, 얘 아파요."

주성이가 나를 부축하면서 말했다.

"뭐? 어디가?"

내가 의자에 앉는 폼이 이상하다 싶었는지 엄마는 바짝 다가와 내 얼굴을 들여다봤다. 담배 냄새가 날까 봐 나도 모르게 움찔했다. 손으로 입을 가리고 아픈 것처럼 말했다.

"엄마, 나 체했나 봐. 오다가 토했는데 지금도 어지러워."

나는 진짜 체한 것처럼 손발이 차가웠다.

"아이구, 그럼 전화하지. 뭐 하러 나왔어?"

엄마는 앞치마를 벗어 던지고 약국으로 뛰어갔다.

"너네 엄마한테 미안한데."

주성이가 머리를 긁적거린다.

"사실 나, 아프잖아."

우리는 서로 얼굴을 보며 또 킥킥거렸다.

"야, 근데 그렇게 매웠어?"

"맵기만 한 줄 아냐. 쓰고 따갑고 울렁거리고 어지럽고. 진짜 죽는 줄 알았네."

"나도 피워 봐야 하는 건데. 좋은 기회 놓쳤어."

주성이는 아쉽다는 표정을 지으며 얼굴을 찡그렸다.

"애들은 뼈 삭는다. 꼴통도 나빠지고."

주성이가 아까 뻐기면서 했던 말을 그대로 되갚아 줬다. 크크크, 주성이는 내 머리를 아프지 않게 쥐어박았다.

"너 아까는 진짜 죽을 것처럼 보이더라."

"그래, 죽는 줄 알았어. 하늘이 빙빙 돌더라고."

남자가 되는 건 그리 쉬운 게 아니다. 어른 되기도 그리 쉬운 건 아닌 거다. 아저씨들은 이리 고약한 걸 어떻게 그리 잘 피워 대는지 모르겠다. 그것도 아주 맛있게 말이다. 이해할 수 없다. 나도 어른이 되면 그렇게 될까? 어른 냄새를 풀풀 풍기고, 폼을 잡으며 담배를 피우게 될까?

아니다. 나는 절대로 그런 어른은 안 될 거다. 어른 냄새가 안 나도 좋다. 나는 그냥 깨끗한 냄새를 풍기는, 남자 어른이 될 거다. 나는 어떤 어른이 될까.

유리문 너머로 봉지를 든 엄마가 헐레벌떡 달려오는 게 보인다. 나는 자리에서 일어나 엄마를 위해 유리문을 열었다.

저기 달려오는 어른이 우리 엄마다. 두꺼운 조끼를 입고 반찬 냄새를 폴폴 풍기며 숨차게 달려오는 우리 엄마. 엄마 냄새가 여기까지 난다. 어른 냄새다.

국어 시간의
짝귀

온몸이으슬으슬거린다.

온. 몸. 이. 으. 슬. 으. 슬. 거. 린. 다.

우달달 떨린다.

우리는 불을 지피기로 했다. 우리 부족 전사들은 물이 흐르는 따뜻한 땅을 찾은 줄 알았다. 하지만 물은 다시 흐르지 않았다. 다리가 푹 꺾인다. 절망이다.

"초록지렁이, 피가 그치질 않아요."

내 귀에서 조금씩 흘러내리고 있는 피는 그칠 줄 모르고 있다.

"괜찮아."

나는 짐짓 아무렇지 않게 말했다. 길을 잃은 것 같았다. 이 숲은 너무 어둡고 굉장히 춥다. 게다가 맹수들이 언제 들이닥칠지 모른다. 무섭다. 하지만 전사들 앞에서 내색할 수는 없었다.

"불을 피워야 해. 나뭇가지를 모아 오자."

"네, 초록지렁이. 저희가 찾아보도록 하겠습니다."

전사들이 고개를 끄덕였다. 메아리, 은색구름, 불꽃 모두 나뭇가지를 주우러 흩어졌다. 나는 불을 피우기 적당한 곳을 찾기로 했다. 흙이 고르고 우묵한 곳이 눈에 들어왔다. 조심스레 발을 움직였다.

바스락. 그때였다.

흑흑. 아파요.

낙엽들이 내 발밑에서 울며 말했다. 낯선 소리였다. 우리 부족이 사는 곳에서는 한 번도 들어본 적이 없는 소리였다. 꽃이나 나무들은 가끔 말을 걸어오지만 그것도 온 신경을 집중해야 간신히 들을 수 있었다. 하지만 나뭇잎들은 땅으로 떨어지는 순간부터 아무 소리를 내지 못한다.

그런데 이곳 나뭇잎들은 내가 움직일 때마다 아파요, 아파요, 하고 우는 것이다. 아주 작은 소리였다. 귀 기울여 듣지 않으면 들을 수 없는 소리들…….

나는 오른발을 들었다. 발밑에 있던 나뭇잎들이 이번에는 까르르 웃는다. 한 발로 서 있으려니 힘들다. 나뭇잎들을 밟지 않으려고 발로 살살, 밀어 놓고 있을 때였다. 나뭇잎들이 없는

데를 골라 오른발을 내리고, 다시 왼발을 들었다.

그때 멀지 않은 풀숲에 뭔가가 보였다. 아궁이였다.

'웬 아궁이가 이런 곳에 있을까?'

녹이 슨 황토색 손잡이까지 달려 있는 아궁이였다. 많이 닳은 손잡이를 잡고 살며시 열었다. 그 순간, 우르르 뭔가가 쏟아져 나왔다. 먼지가 뽀얗게 쌓인 신발들이었다. 흠칫, 놀라 뒤로 물러났다. 낡고 닳아서 너덜너덜한 신발들이었다. 신발의 주인은 전사들이 틀림없다.

'누가 이런 곳에 가져다 놓았을까?'

아파요, 아파요.

이번에는 신발들이 울었다. 오랜 시간 온몸으로 땅을 딛고 살아야 했으니 얼마나 힘들었을까. 나는 신발에 쌓인 먼지를 손으로 툭툭 털었다. 먼지들이 하늘로 올라갔다가 눈처럼 하얗게 내려왔다.

"초록지렁이! 불을 피울 나무들을 찾았습니다!"

콜록콜록, 먼지 때문에 기침이 터져 나왔다. 기침을 하다가 잠이 깼다. 내가 전사들의 우두머리가 되어 떠돌아다니는 꿈이었다.

"쩝, 초록지렁이라니……."

이불을 다 걷어차고 잤나 보다. 어제부터 시작된 감기가 더

심해졌다.

콜록, 콜록, 콜록!

오늘도 학교 가기가 싫다.

중학교에 입학하자마자, 일주일 만에 내 별명은 '짝귀'가 되었다. 짝짝이 귀. 초등학교 때는 귀 위까지 머리를 짧게 잘라 본 적이 없었는데, 중학교에 들어와서는 내 귀가 다 드러났다. 작은 왼쪽 귀가 벌거벗듯이 세상에 드러난 거다.

오른쪽 귀보다 작은 나의 왼쪽 귀, 짝귀. 왼쪽 귀는 자라다가 만 새끼 참외처럼 머리에 달라붙어 있다. 귓바퀴가 거의 없는 귀. 한숨이 새어 나왔다.

이제부터는 머리카락 속에 감추어 두었던 이놈을 꺼내 놓고 살아야 하니 가슴이 답답하다. 흐르던 물이 끊긴 느낌이다. 갑자기 목이 탄다.

준혁이는 내 친구다. 힘센 준혁이가 옆에 있으면 아이들은 가만히 있는다. 하지만 준혁이가 사라지면 아이들은 내 마음을 툭툭 건드린다. 그 중에서도 김성대, 그놈이 제일 치사한 놈이다.

봄이 시궁창 같다.
공룡은 빙하기에 멸종했다고 하던데,
또 빙하기가 온다고 했던가.

우리 인간은 빙하기와 빙하기 사이에
살아 있는 거라고 했다. 간빙기라고 했지.
확, 빙하기나 와 버렸으면 좋겠다.
그럼 재수 없는 놈들도 다 사라지겠지.
간빙기가 왜 이렇게 긴 걸까. 어휴, 미치겠다.

　3교시가 국어 시간인데 연습장에 끼적거리고 있었다. 어젯밤부터 가슴이 답답했다. 국어 시간이 있기 때문이다. 목이 짧고 키가 작은 국어 선생은 나무 막대를 꼭 출석부 사이에 끼우고 들어온다. 머리는 커트 머리에 화장은 진하다. 엄마보다 나이가 더 들어 보인다. 오른쪽 눈 옆에 점인지 사마귀인지 큰 게 하나 있다.
　국어 선생은 시간마다 앉은 줄대로 책 읽기를 시킨다. 나는 책을 읽기 싫다. 소리 내어 읽기 싫다. 내 목소리가 덜덜 떨리기 때문이다. 내가 책을 읽고 있으면 아이들이 내 귀를 보면서 짝귀라고 더 놀리는 것만 같았다. 그래서 더 움츠러드는데 아마 나도 국어 선생처럼 목이 짧은 자라같이 보일 거다.
　"야, 장수야."
　준혁이가 내 책상에 걸터앉으며 말했다.
　"어제 성대가 너한테 뭐라고 한 거냐?"
　"어어, 그냥…… 콜록콜록."

"그 새끼가 작년에도 화장실에 짝귀 어쩌고저쩌고 써 놨었지? 중학생이 되어도 왜 그 모양이냐."

어제 준혁이는 청소 당번이었다. 나는 동생 때문에 집에 일찍 가야 했다. 그래서 준혁이랑 같이 가지 못하고 혼자 교실을 나섰다.

"짝귀야, 오늘은 혼자 가냐? 보디가드는 어쩌고."

김성대가 비웃었다. 나는 못 들은 체하고 교실을 나왔다. 준혁이가 그걸 본 모양이었다.

"자라 목 떴다!"

애들이 복도에서 후다닥, 뛰어 들어왔다. 준혁이도 자기 자리로 돌아갔다.

"이거, 이거 뭐야? 교과서도 안 꺼내 놓고!"

국어 선생은 칠판 앞에 서자마자 막대기로 교탁을 탁탁 두드렸다.

'교탁 위에 뽀얗게 쌓여 있던 먼지들이 공중으로 올라갔다가 다시 내려오겠지.'

교과서를 꺼내지 않은 아이들은 책을 꺼내느라 또 웅성거렸다.

"조용히 하지 못해!"

막대기를 내리치는 소리가 들리자 아이들은 순간, 움찔했다. 교실이 조용해졌다.

"교과서 펴라! 34쪽!"

국어 선생은 돌아서서 칠판에 단원 이름을 쓰기 시작했다.

아이들은 책을 펼쳤다.

나는 가슴이 두근거리기 시작했다. 두근두근.

초등학교 때는 이렇게 심하지 않았다. 손을 들고 발표한 적은 없었지만, 그래도 선생님이 시키면 또박또박 말은 잘했다. 중학교에 입학하고 나서부터는 달라졌다. 내 짝짝이 귀가 아이들의 관심거리가 된 것만 같아 옴짝달싹할 수가 없다.

'난 왜 이럴까?'

온몸이 으슬거린다. 우달달 떨린다. 목구멍이 간질간질하면서 기침이 터져 나오려고 했다. 아이들의 눈길이 싫다. 하지만 참아야 한다.

'아프다고 양호실에 간다고 할까?'

그 말이 입 안에서 뱅뱅 돌 뿐, 차마 입 밖으로는 나오지 못했다. 어떻게 말을 하나.

조용한 수업 시간에 내 목소리가 울려 퍼지는데……. 그럼 모든 아이들이 나를 볼 텐데……. 그건 싫었다.

'어쩌지?'

"오늘은 어느 줄이 읽을 차례인가?"

국어 선생은 어느 틈에 안경을 꺼내 썼다. 나이 든 할머니처럼 보인다.

"2모둠이요."

어떤 애가 말하는 소리가 들린다.

"2모둠 앞줄부터 뒤로 읽는다. 다 폈지?"

"네!"

아이들이 큰 소리로 대답했다. 나는 붕어처럼 입만 뻐끔거렸다.

"첫째, 말하고자 하는 것을 분명히 하라……."

우리 줄, 첫 번째 아이가 책을 읽기 시작했다. 나는 눈앞이 노래졌다.

"여러분은 글을 쓸 때에 생각이 잘 풀리지 않아 어려움을 겪은 적이 없는가?"

책 읽는 소리가 멀리서 가물가물 들려온다. 귀가 윙, 소리를 내면서 정신이 멍해졌다.

"나는 만화를 그리거나 시나리오를 쓰는 과정에서 생각이 막히는 경우가 종종 있다. 이럴 때에는 어떻게 하면 좋을까?"

저 녀석, 한 글자도 안 틀리고 진짜 잘 읽는다. 내 앞에 있는 녀석이 읽기 시작하면 나는 연기처럼 사라지고 싶을 것 같다.

지진이 나든지, 전쟁이 나든지, 이 순간만 지나갔으면…….

"그만!"

선생은 다음 줄 아이를 시켰다. 내 앞에 앞에 애다. 심장 뛰는 소리가 귓가를 쿵쿵 때린다. 귀가 벌겋게 달아오른다. 숨쉬기가 힘들다. 기침이 나왔다.

콜록, 코올록.

"글쓰기 과정에서 창의적인 생각을…… 자유롭게 떠올리기 위해서는…… 무엇보다, 음…… 글을 통해 말하고자 하는 내용이 분명하고 구체적이어야 한다. ……흔들리는 과녁에 화살을 명중시킬 수 없듯이 음…… 없듯이 말하고자 하는 바를 분명히, 분명히 하지 않으면 생각은 중심을 잃게 된다. ……말하고자 하는 것을 분명히 하라."

그래도 잘 읽는다.

콜록. 콜록.

"그다음!"

국어 선생이 외치자, 바로 내 앞에 있는 녀석이 읽기 시작했다.

"∞………… ∴ ／ ／ ……… ㅄ ㄽ ㄳ……×……."

녀석이 읽는 소리가 귀에 하나도 들어오지 않는다. 무슨 말을 하는지도 모르겠다. 그저 심장이 튀어나올 것 같다. 귀가 벌겋게 달아오르더니 이제는 얼굴까지 벌게졌다. 오른손으로 볼을 만져 보니 뜨겁다.

콜록, 쿠울럭. 콜록!

얼굴까지 벌게져서 얼굴을 들 수가 없었다.

책 읽는 소리는 어디론가 달아났다. 나는 우주 끝 어딘가에 무중력 상태로 둥둥 떠다니고 있다.

국어 책을 읽고 있을 텐데, 나한테 들리는 소리는 외계에서 들려오는 소리처럼 아주 낯설다.

우웅웅, 귀가 운다. 아파요, 아파요, 나뭇잎들이 우는 소리가 들리는 것만 같다. 고개를 숙이고 숨을 쉬었다. 숨 쉬기가 곤란하다.

"그다음!"

드디어 내 차례. 나는 냉동 총을 맞은 것처럼 얼어붙었다.

"그다음! 뭐 해?"

나는 심호흡을 했다. 그리고 눈에 들어오는 글자들을 읽었다. 입이 뻐끔거리는 건 느낄 수 있겠는데, 내가 무슨 말을 하는지는 도저히 모르겠다.

"세엣째, 호온자의 힘으로 버억찰 때엔, 때에는 콜록, 다른 사라암의 도움을 구하라."

아이들이 수군거린다.

"쟤 뭐야."

"와, 진짜 못 읽는다."

"유치원생처럼 읽어."

그 소리들 때문에 내가 읽어야 할 문장이 하나도 보이지 않았다.

자, 지금까지 이 글을 읽고 고개를 끄덕였다면 여러분은 이제

자신감을 가져도 좋다. 창의적으로 생각한다는 것은 힘들지만 즐거운 작업이다. 이제부터는 무슨 일이든지 개방적인 질문을 던져 보자. 질문에 대한 답이 마음에 들지 않으면 "아니다."라고 말하면 된다. 그리고 다른 각도로 계속해서 생각하는 것이다. 오랜 진통 끝에 "바로 이거야!"라고 말할 수 있다면 얼마나 가슴 벅찬 기쁨을 느끼겠는가!

'아니다'라는 단어가 눈에 확 들어왔다. 그래, 이건 정말 아닌 것 같다.

"뭐 해! 빨리 읽지 않고!"

국어 선생의 목소리가 뾰족하게 날아와 내 귀를 후벼 팠다. 귓바퀴에서 국어 선생의 목소리들이 모아져서 달팽이관을 거쳐 뇌신경까지 가는 동안 나는 아무것도 할 수가 없었다. 족히 한 시간은 지난 것만 같았다.

"너 뭐 해?"

국어 선생이 빽 소리를 지른다.

나는 다시 정신을 가다듬고 책을 읽기 시작했다.

"자, 지금까지 이이, 글을 이일꼬 고래를, 고개를 끄덕였다면 여러분은 이제 자시인감을 가져도 좋다. 콜록!"

아이들의 웃음소리가 들렸다.

"와, 대박! 유치원생도 저렇게는 안 읽겠다."

"그만 읽고, 너는 읽는 연습 좀 많이 해라."

국어 선생도 한숨을 푹 쉬었다. 뒷줄로 넘어갔다.

국어 시간이 어떻게 갔는지 모르겠다. 나는 얼굴이 뜨거워서 쉬는 시간 종이 울리자마자 화장실로 달려왔다. 문을 잠근 후, 한숨을 쉬었다. 또 화장실로 도망쳐 들어왔다. 아, 미치겠다.

'쪽팔려……'

조금 있으니 아이들이 우르르 몰려온다.

"걔 완전 더듬이더라. 더듬더듬, 짝귀가 말도 제대로 못 해."

성대다. 김성대.

"걔 우리 아파트에 사는데, 코딱지만 한 집에서 살아."

저, 치사하고 야비한 자식!

몇 마디를 더 중얼거리더니 김성대와 아이들이 나갔다. 입학 첫날부터 저 자식한테 밀려서일까. 이제 3주, 어떻게 3년을 버틸까. 나는 학교 오기가 싫고, 고개 들기도 싫다.

수업 종소리가 들린다. 나는 그 자리에 우두커니 서 있었다. 화장실과 복도에 떠돌던 아이들 소리가 더 이상 들리지 않자 나는 터벅터벅 발걸음을 옮겼다. 화장실 문을 열고 복도로 나왔다.

보건실

팻말이 흔들린다.

학교폭력 예방주간

초록색 표어가 보건실 벽에 붙어 있다.

성에 대해 고민이 있을 때 언제라도 들어오세요.

노란색 표어가 초록색 표어 옆에 붙어 있다.

'어디로 갈까?'

반으로 돌아가기는 싫다.

국어 시간은 내 귀가 더 쪼그라 붙는 시간이다. 김성대는 중학교에서도 거머리처럼 나에게 찰싹 붙어 있다. 나한테 달라붙어서 내 피를 모조리 다 빨아먹는 것 같다.

김성대도 그렇고 중학교 생활에 적응하지 못하는 나한테도 그렇고……. 나는 왜 이렇게 생겨서 아이들과 또 모든 것들과 충돌하는지 모르겠다. 하늘과 땅이 딱 달라붙어 있는 것만 같다. 내가 그 사이에 꽉 끼어 있는 느낌이다. 숨을 쉬기가 힘들다.

보건실에 가서 아프다고 해야겠다. 이번 시간은 음악 시간, 성격 좋은 음악 선생은 내가 아파서 수업 빼먹었다고 해도 믿어 줄 선생이다. 수업이 끝날 때쯤 가서 말씀드리면 된다.

생각을 굴리며 보건실 문 앞에 서서 쭈뼛거리고 있을 때였다. 어떤 여자애가 다가왔다. 배를 움켜쥐고 서 있었다. 얼굴을 찡그리고 있던 여자애가 나를 빤히 쳐다보았다. 비켜 달라는 표정이었다. 내가 들어가지도 나가지도 않는 어중간한 상태로 서 있었기 때문이다. 나는 얼떨결에 보건실 문손잡이를 잡았다.

'수많은 아이들이 이 손잡이를 잡고 돌렸겠지?'

손잡이가 많이 닳아 있었다. 녹이 슨 것처럼 보이는 황토색 손잡이. 어디서 많이 본 듯하여 고개를 갸웃했다.

'어디서 봤을까?'

그 순간 왜애애애앵, 사이렌 소리가 복도에 울려 퍼지기 시작했다. 가만히 들어보니 복도에서 뿐만이 아니라 학교 바깥에서도 울려 퍼지고 있었다.

국민 여러분! 여기는 재난 방재청입니다. 우리나라 전역에 훈련 경계경보를 발령합니다. 훈련 경계경보를 발령합니다.

왜애애애앵, 또다시 사이렌 소리가 울렸다. 보건 선생은 내가 들어오지 않고 서 있으니 어서 들어오라고 손짓했다. 나는 문 안쪽으로 들어갔다. 뒤에 들어오는 그 여자애를 위해 문을 손으로 잠깐 붙잡고 있었다. 여자애는 머뭇하더니 내 뒤를 따라 들어왔다.

"어디가 아프니?"

보건 선생은 우리 둘을 번갈아 보며 다정한 얼굴로 물었다. 작은 얼굴에 어깨까지 내려오는 생머리가 살짝 찰랑거렸다.

보건실 왼쪽 벽에는 시력 조사표가 붙어 있었고, 정면으로 책상이 놓여 있었다. 보건 선생은 그 책상 뒤에 앉아 있었다. 책상 뒤편으로 침대가 두 개 놓여 있었다. 오른쪽으로 정수기가 있고, 그 뒤에 약을 넣어 두는 선반이 있었다. 약 선반 뒤쪽으로 침대가 한 개 더 있었다.

나는 여자애가 먼저 말하도록 한쪽으로 비켜서 주었다. 그래도 여자애는 배만 잡고 있을 뿐 내 눈치를 보고 있었다.

"장수? 너부터 말해 볼래."

보건 선생은 내 이름표를 보며 까만 뿔테 안경을 고쳐 썼다. 하얀 얼굴이 까만 안경 때문에 더 하얗게 보였다.

"저어……, 머리가 깨질 것처럼 아파서요."

"머리가? 어디 보자."

보건 선생은 서랍에서 체온계를 꺼냈다.

'귀에 체온계를 넣겠지.'

나는 얼른 멀쩡한 오른쪽 귀를 보건 선생 쪽으로 들이밀었다. 조금 있으니 삑, 신호음이 울렸고 선생은 체온계를 살펴보았다.

"열은 없네."

보건 선생은 선반으로 걸어가더니, 약통에서 알약 두 알을 꺼내 나에게 주었다.

"저쪽에 물 있어. 먹으면 조금 괜찮아질 거야."

안경 너머로 환하게 웃는 눈을 보니 기분이 조금 좋아졌다.

하지만 아픈 척을 해야 했다.

"선생님, 어지러워서요. 약 먹고 누워 있으면 안 될까요?"

지금 운행 중인 차들은 도로변에 차를 정차하시기 바랍니다. 다시 한 번 말씀드립니다.

국민 여러분! 여기는 재난 방재청입니다.

보건 선생은 공기 속으로 딱딱하게 울려 퍼지는 방송을 시큰둥하게 듣더니, 내 이마를 다시 짚어 보며 말했다.

"그래, 어차피 화생방 훈련이라 수업도 힘들겠다. 저기 침대에 누워서 한숨 자라."

나는 정수기에서 물을 받아 약 두 알을 삼켰다. 머리가 아프지는 않았지만 그래도 약을 먹으면 답답한 마음이 사라지지 않을까, 싶어서였다. 나는 왼쪽에 있는 침대를 보았다. 흰색 시트가 단정하게 깔려 있었다. 침대 가장자리에 하늘색 얇은 이불이 개켜져 있었다. 왼쪽 침대를 사이에 두고 오른쪽에 있는 침대도 똑같았다. 이불 색깔이 노란색이었을 뿐이다.

침대 위에 있는 베개가 창 쪽으로 놓여 있었다. 창문 위에는 회색 블라인드가 쳐져 있었다.

실건보

하얀색 글씨가 보건실 창문에 쓰여 있다. 안쪽에서 보고 있으니 이상한 단어가 되었다.

나는 왼쪽 침대로 가서 실내화를 벗고 누웠다. 머리맡에 있는 창문으로 햇볕이 들어와 눈을 찔렀다. 벽 쪽으로 몸을 돌려 누웠다. 왼쪽 귀가 천장을 향하는 자세였다. 내 짝짝이 귀가 정통으로 보이는 자세다.

몸을 돌려 반대로 누웠다. 반대편의 침대를 보고 누워 있는 자세가 되었다. 저 여자애가 맞은편 침대로 오지는 않겠지.

"수빈이, 너는 어디가 아프니?"

"⋯⋯."

"담임 선생님께 말씀드려 달라고? 몇 반이야?"

"1학년 2반이요."

코딱지만 한 말소리.

"알았어. 그런데 매달 그렇게 아팠어?"

"⋯⋯."

수빈이라 불리는 여자애는 보건 선생에게 뭐라고 속삭였다. 잘 들리지 않았다.

"으응, 그래. 이 약 먹으면 괜찮아질 거야. 그리고 침대에 누워 있어. 너도 이 훈련 끝나면 교실로 가고."

"네."

수빈이라는 여자애가 오기 전에 나는 얼른 이불을 머리 위로 뒤집어썼다. 금방 그 애가 왔다. 여자애는 다행히 내 맞은

편 침대가 아니라 내 발밑에 있는 침대로 갔다. 그제야 이불을 목 밑으로 내렸다.

여자애가 누웠는지 조용했다. 가끔 끙끙거리는 소리가 들렸다.

"그래서? 그 애들이 한꺼번에 단톡에서 따돌렸단 말이야?"

"……."

여자애 목소리는 들리지 않았다.

"그래, 나한테 얘기한 건 잘한 거야."

보건 선생의 목소리가 따뜻한 물소리처럼 들렸다.

"……."

"같이 방법을 찾아보자."

여자애도 따를 당하나 보다. 나도 보건 선생님에게 내 이야기를 털어놓고 싶다. 따뜻한 물 같은 위로를 받고 싶다.

나는 손을 깍지 껴 머리 밑에 넣었다. 천장을 보았다. 흰색 천장 모서리에 거미줄이 쳐져 있었다. 자세히 보지 않으면 보이지도 않을 크기였다.

빈 거미줄이 아침에 나간 주인을 기다리고 있는 걸까. 아니면 이미 오래전에 집을 나간 주인은 목숨을 잃었을까. 그것도 아니면 주인이 작은 거미줄이 갑갑해서 더 큰 거미줄로 이사를 했을까. 저 집도 가지고 갈 것이지 왜 저것만 쓸쓸하게 두고 갔을까.

끊어질 것처럼 가느다란 거미줄을 보고 있으니 갑자기 주위

의 모든 것들이 거미줄 속으로 사라지는 것 같았다. 창문도 없어지고, 벽도 없어지고, 이 세상이 거미줄 속으로 꾸역꾸역 먹혀 들어가고 있었다. 눈꺼풀에 매달려 있는 세상이 서서히 내려와 앉았다. 나도 없어졌다.

멀리서 피리 소리가 들려온다. 올라갔다가 내려앉는 소리가 가슴속을 파고든다. 피리 소리는 심장에 꽂혔고, 피리 소리가 너울너울 춤을 출 때마다 가슴이 아려 왔다.

나는 아궁이 속에 있던 신발을 모두 꺼내 놓았다. 열 켤레였다. 부드러운 나무줄기로 만든 신발들인데, 바닥이 많이 닳아 있었다. 신발은 바람이 숭숭 드나들어 겨울에는 신을 수 없었다. 아궁이 안쪽 끝에서 나온 신발들은 불에 반쯤 타거나 그을린 신발들이었다.

신발의 주인들은 이 아궁이에 신발을 넣어 불을 피우려고 했었나 보다. 그런데 왜 태우지 못하고 불이 꺼졌을까. 이 신발의 주인들은 어디로 갔을까.

"초록지렁이!"

메아리, 은색구름, 불꽃이 내 이름을 불렀다. 조금 있으니 그들이 내 앞에 나타났다. 손에는 마른 나뭇가지가 몇 개 들려 있을 뿐이었다.

"살아서 돌아가기는 힘들 것 같아요."

메아리가 땅에 주저앉으며 말했다. 은색구름은 메아리가 절망스러운 얼굴로 내뱉는 말을 들었는지 물끄러미 나뭇가지만 볼 뿐 말이 없었다. 메아리가 나뭇가지를 들고 비벼 대기 시작했다.

"이상하다. 바싹 마른 가지인데 왜 이리 불이 안 붙을까요?"

메아리가 무릎을 땅에 대고 걱정했다. 나는 손에 들고 있던 타다 만 신발을 메아리에게 주었다.

"이걸로 한번 해 봐라."

"초록지렁이, 이게 뭐예요?"

나는 대답 대신 아궁이 옆에 가지런히 누워 있는 신발들을 가리켰다.

"무슨 신발들이 이렇게 많습니까?"

불꽃은 신발들을 하나하나 살펴보았다.

"부드러운 나무줄기로 만들어진 신발이야. 혹시 모르니까 이걸로 불을 붙여 봐."

나는 신발 한 짝을 더 갖다 주었다. 부하들은 오들오들 떨며 신발 뒤꿈치 쪽부터 매듭을 풀기 시작했다.

"어두워지면 눈을 믿지 말고 손을 믿으라고 하셨지요."

은색구름이 무거운 입을 열었다. 나는 은색구름의 따뜻한 목소리가 좋았다.

"누가 그러셨나?"

우두머리인 나보다 부하인 은색구름이 더 지혜롭고 현명해 보였다.

"저희 할아버지께서 그러셨어요."

"그래. 그 말이 맞군."

"불이 붙었어요!"

메아리가 소리쳤다. 신발들에 불이 옮겨붙었다. 부하들은 구해 온 나뭇가지를 불에 올렸다. 하지만 그 나뭇가지에는 불이 붙지 않았다. 나뭇가지들은 힘없이 픽 주저앉았다. 나는 신발을 하나씩 불 위에 올렸다. 신발들은 불이 잘 붙었다.

타닥타닥, 신발들이 타들어 가자 주위가 환해졌다. 이제 살 것만 같았다. 그리고 발끝이 따뜻해졌다. 그때 탁! 소리를 내며 불똥이 나에게로 튀었다. 불똥은 내 왼쪽 귀로 정확하게 날아왔다.

"아얏!"

"초록지렁이, 괜찮습니까?"

나는 너무 놀라 뒤로 주저앉아 버렸다. 왼쪽 귀가 불꽃에 타올랐다.

왜애애앵, 사이렌 소리가 들려왔다. 나는 눈을 번쩍 떴다. 천장에 매달린 작은 거미줄이 보였다.

국민 여러분! 재난 방재청에서 알립니다. 우리나라 전역에 발령
했던 훈련 공습경보를 훈련 경계경보로 발령합니다. 국민 여러
분께서는 계속 주의 깊게 행동해 주시기 바랍니다. 훈련 경계경
보를 발령합니다. 이상 재난 방재청에서 알려드렸습니다.

또 꿈을 꾸었다. 반복되는 이상한 꿈이다. 내가 전사로 나오
는 꿈이 싫지는 않은데 기분이 묘하다. 나한테 꿈이 무슨 말을
하는 것만 같다.

'찜찜하기도 하고 좋은 것 같기도 하고……'

수빈이라는 애는 교실로 갔는지 보이지 않는다.

나도 슬슬 움직여야겠다. 실내화를 신으려고 침대 밑으로
발을 디뎠다. 그런데 실내화가 발에 밟히지 않았다. 어라? 침
대 밑을 내려다보았다. 없다. 아무리 뒤져 봐도 없었다.

"일어났니? 가려고? 머리는 어때?"

보건 선생이 뒤돌아보며 물었다.

"네. 이제 괜찮아요."

"그래? 그럼 교실로 가도 되겠다. 훈련도 끝났으니까 교실로
돌아가도록 해요."

"저어……, 실내화가 없는데."

"실내화? 아까 신고 왔잖아."

"네. 깜빡 잠이 들었는데 일어나 보니 없네요."

보건 선생은 침대로 오더니 밑을 둘러보았다.

"정말 없네. 이상하다. 너 실내화 신고 온 거 맞지?"

보건 선생도 갸웃하며 다시 물었다.

"네."

"거참, 귀신이 곡할 노릇이네. 왜 신발이 없을까?"

그때 문 열리는 소리가 들렸다.

"선생님! 이가 아파요!"

김성대 목소리다. 진짜 공습이다. 나는 어정쩡한 자세로 나를 알아보지 못하도록 침대 밑을 보고 있었는데 김성대와 눈이 딱 마주쳤다.

'으아, 정말 오늘 재수 없네.'

"짝귀! 어디 갔나 했더니 여기 숨어 계셨네."

나는 아무 대꾸도 하지 않았다.

"같은 반이야? 근데 짝귀가 뭐니? 짝귀가."

보건 선생이 거들어 주니 조금 힘이 생겼다.

"그래, 나 여기 있었다. 어쩔래?"

나도 모르게 어깨를 펴고 말했다. 꿈속의 전사 초록지렁이처럼. 마을을 구하려고 숲을 떠도는 초록지렁이처럼 당당하게. 하지만 김성대는 피식 웃었다.

"너 진짜 국어 책 자~알 읽더라."

내 신경을 건드린다. 하지만 맞설 도리가 없다. 그때 실내화가 눈에 들어왔다. 약이 들어 있는 약품 보관함 앞에 나동그라져 있었다. 아마 여자애가 나가면서 내 실내화도 함께 끌려 나간 것 같았다.

"선생님, 안녕히 계세요."

나는 허겁지겁 보건실 문손잡이를 돌렸다.

"실내화는 찾았니?"

"네."

등 뒤에서 성대가 보건 선생님한테 인사하는 소리가 들렸다.

'새끼, 빨리도 나오네.'

마주치기 싫었다. 얼른 문을 열고 화장실로 뛰었다.

아, 또 숨으러 화장실로 가다니.

'야! 네 일이나 신경 써라!'

인상을 팍 쓰고 이렇게 말했어야 했는데. 더 무섭게 노려보면서 새꺄, 라고 말해 줄 걸 그랬나. 아, 미치겠다. 교실로 들어가지도 못하고 이게 뭐냐. 뒤꽁무니를 빼고 도망가는 하이에 나같이 줄행랑이나 치다니. 화장실 문을 잠그고 들어가 변기에 앉았다. 바지를 그대로 입은 채로.

'말싸움에서 지지 말아야 하는데, 새끼라고 말해야 했어. 확질러 줘야 하는데 안 그러니까 그 자식이 웃는 거라고. 근데 더 세게 나오면 어떻게 하나?'

내 손을 내려다보았다. 작았다. 다른 아이들보다 작은 손이었다. 주먹을 꽉 움켜쥐어 보았다. 얇은 손바닥만 잡힐 뿐이었다.

'그냥, 모른 척하고 대꾸를 하지 말자. 고개는 똑바로 쳐들고. 나도 피식, 웃어 주면서. 가소롭다는 듯이.'

심호흡을 크게 했다.

'이제 문을 열고 나가자.'

교실로 들어가는 애들 소리도 점점 줄어들고 있었다. 문을 열었다. 수도꼭지를 틀었다. 거울을 보았다. 차가운 물로 세수를 했다.

어푸어푸, 너는 양장수다.

푸우푸우, 너는 짝귀다.

짝귀니까 짝귀라고 하는 거다.

나는 한쪽 귀를 잃은 전사다. 이제, 우리 부족이 살던 마을을 떠나 어둡고 추운 숲속으로 들어가는 거다. 하지만 결국 땅을 찾을 거다. 따뜻한 물이 흐르는 땅.

나는 화장실 문을 활짝 열고 복도로 나섰다.

복도는 죽은 듯이 조용했고 휘잉, 복도를 돌아 차가운 바람이 불어왔다.

"장수야! 어디 갔었냐?"

복도 끝, 우리 반 앞에서 준혁이의 따뜻한 목소리가 들려왔다.

이
상
하
다

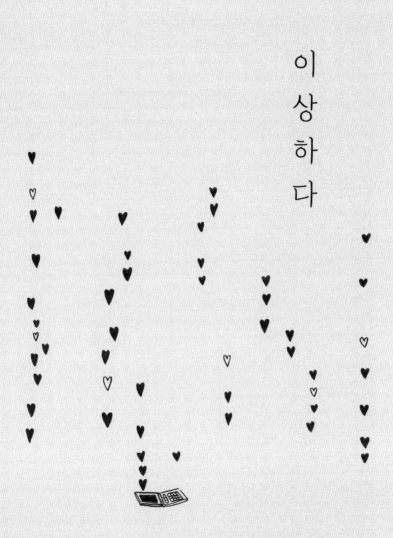

또 문자를 확인했다.

지금이 열한 번째다.

내가 미친 거 아닌가 모르겠다.

학급 회장인 걔는 그냥 우리 반 아이들에게 문자를 보낸 것 뿐인데 내가 뭘 더 바라는 건지 모르겠다.

지난번 중간고사 우리 반 평균 낮아서

담임 쌤 대 실망

이번 기말고사 모두 파이팅하래!

나한테만 어떤 특별한 문자가 오기를 기대하는 건 바보 같은 일일지도 모른다. 그런데도 뭔가에 단단히 홀려서 이렇게 문자 수신함만 들여다보고 있다니. 참, 내 자신이 이리 한심할 수가 있나.

오늘은 학원에서도 고물 핸드폰만 붙잡고 있었다. 남자아이가 그렇게 속눈썹이 길고 예쁜 건 반칙 아닌가. 공부도 잘해, 얼굴도 잘생겼어, 성격도 좋아, 완벽 그 자체. 그런 아이가 나를 좋아할 수가 있을까. 키는 너무 크고, 젓가락인 나를. 숏 커트에 얼굴도 밋밋, 몸매도 밋밋, 남자 같은 나를…….

그렇지만 곰곰 생각해 보면, 걔가 나한테 관심이 있는 건 확실한 것 같다.

반 아이들에게 카톡을 보낸 후에, 나한테만 문자를 따로 보내 주는 걸 보면. 관심이 없다면 그런 번거로운 일을 할 리가 없다. 내 핸드폰은 스마트폰이 아니고 고리고리짝부터 써 왔던 2G다.

걔가 나를 생각하지 않았다면 반톡만 날리면 될 걸, 문자까지 다시 보내야 하는 귀찮은 일을 할 리가 없다는 말씀이다. 걔가 나를 특별하게 생각하고 있는 게 확실한 거다.

우리 반에서 2G는 내 단짝 수현이와 나뿐인데……. 수현이한테는 문자를 보냈을까?

우리 엄마 때문에 내가 정말 미치겠다. 엄마 하시는 말씀은 이렇다.

"전자파에 노출돼서 암 걸리는 사람들이 얼마나 많은 줄 알아? 머리 근처 가장 높은 전자파 주범은 스마트폰이야. 암 발병률이 어마어마해. 아직 성장도 안 끝난 아이들한테 전자파는 위험해."

"핸드폰을 그렇게 눌러 대니 얼마 못 가 손가락만 길어진 종족으로 진화할 거야!"

엄마는 스마트폰을 걸어 다니는 컴퓨터라고 한다. 아이들한테 전자파나 해로운 사이트에 쉽게 노출된다고 입에 거품을 물고 반대한다. 그런데 그게 말이나 되는 소리냔 말이다.

스마트폰으로 이렇게 반톡도 받아야 하고, 게임으로 가끔 공부에 지친 머리도 식혀 줘야 하고, 커플 톡을 하기도 해야 하고, 해외로 이사 간 진이랑도 톡 해야 하고, 애니광이나 게임광은 아니지만 필요한 정보 검색도 해야 하는데……. 사회적 존재인 나를 이해하지 못하는 엄마 때문에 사랑도 못 하게 생겼다. 확인할 수 없으니 현재까지는 짝사랑이지만.

내 가슴을 뛰게 하는, 걔는 반 전체 아이들에게 카톡을 자주 보낸다고 한다. 이런 알림이나 공지 사항 말고 사진이랑 다른 것들도 많이 보낼 텐데, 나는 카톡으로 오는 걔의 달달한 문장이나 이모티콘을 볼 수가 없다.

반톡에서 친해지는 애들도 많다고 한다. 나는 옆 동에 사는 수현이 말고는 친하게 지내는 아이들이 없다. 구식 엄마 때문에 내 친구 관계는 아주 좁다. 이러다가 친구가 더 생기지 않으면 다 엄마 책임인 거다. 코끼리 뒤꿈치로 콱 찍어서 버리고 싶은 내 고물 핸드폰.

내가 좋아하는 걔랑 더 친해지려면 스마트폰이 꼭 필요한데.

내 운명적인 사랑을 완성하려면 스마트한 폰이 꼭 필요한데.

일주일 전에 학교에서 1학년 전체 연극 관람이 있었다. 걔가 내 왼쪽, 옆자리에 앉게 되었다. 그것뿐이었다, 단지.

나는 내 오른쪽에 앉은 수현이와 열심히 수다를 떨고 있었다. 그리고 연극이 시작되어 극 중 주인공의 연기에 진지하게 빠져들려고 할 때였다. 느닷없이 걔의 팔이 내 팔을 스쳤다. 그때 뭔가 찌르르 심장이 떨리는 소리가 들려왔다. 왜 그랬을까.

다음 날, 체육 시간에는 다른 반과 축구 시합하는 우리 반 남자애들을 여자애들이 응원하게 되었다. 걔는 참 잘 달렸다. 바람을 가르며 아이들을 제치고 펄펄 날아다녔다. 씩씩하고 멋진 모습. 나도 모르게 입을 헤 벌리고 보고 있었다.

슛! 골인! 와아!

걔가 골을 넣었다. 온몸에서 빛이 나오는 것처럼 보였다. 걔는 두 팔을 높이 쳐들고 하늘을 찔러 대며 내가 있는 쪽으로 마구 달려왔다. 오면서 소리를 지르고 나를 향해 활짝 웃어 주는 게 아닌가. 수현이가 옆에 있는 것도 잊고 나는 걔의 이름을 불러 대며 파이팅을 외쳤다.

오늘 점심시간은 또 이랬다. 요즘 급식실이 공사 중이라 반에서 급식을 먹고 있다. 그런데 급식 당번이 된 걔가 맨 뒤에서 있는 나를 보고 씨익 웃었다. 가슴이 콩닥거렸다. 나는 내 앞에 있는 수현이가 눈치 못 채게 고개를 끄덕이며 웃어 주었다. 인기 메뉴인 닭다리가 나오는 날이었다. 애들은 크고 통통한 치킨 다리를 먹으려고 난리였다. 그런데 걔가 나를 보더니 큰 치킨 다리 한 쪽을 옆으로 밀어 놓았다.

"수현아! 급한 건데 이 서류 좀 교장 선생님께 드리고 올래."

선생님께서 서류 봉투를 수현이에게 내밀며 말씀하셨다.

"네. 선생님!"

싹싹한 수현이는 얼굴 한번 찌푸리지 않고 식판을 내려놓고 교실을 나갔다. 수현이가 눈치채면 어쩌나 했는데, 선생님의 심부름은 기막힌 타이밍이었다. 수현이가 나간 사이 내 차례가 되었다. 걔는 제일 크고 맛있게 보이는 치킨 다리를 내 식판에 턱 하니 올려 주었다. 나한테 주려고 아까 한쪽에 밀쳐 둔 그 통통한 닭다리. 그러곤 아무렇지도 않게 나머지 반찬을 담아 주었다.

나는 걔 얼굴을 보는 순간 다리가 살짝 떨렸다. 식판에 있던 닭다리도 살짝 떨리는 게 보였다. 나도 모르게 걔를 보고 수줍게 웃어 주었다. 얼굴이 빨개지는 것 같아 얼른 고개를 숙였다. 이번에는 내 심장이 쿵쾅거렸다. 귀밑이 빨개졌다.

개는 공부도 자기만의 기준을 가지고 있다. 1등을 하는 아이들은 이상하게 정이 안 간다. 재수가 없다. 공부를 잘하는 애들 특유의 재수 없는 폼이 싫다. 그런데 개는 2등, 3등 아니면 4등을 넘나드는 여유를 가질 줄 안다. 한마디로 자기 페이스를 지키는 멋진 아이다.

나는 그 아이가 좋다.

집에 와서도 그 아이 얼굴이 자꾸만 떠오른다. 오른쪽 눈이 왼쪽 눈보다 약간 큰 짝눈인데 그것도 멋지다. 긴 속눈썹으로 웃음이라도 날리면 그냥 뻑 간다. 그 눈길, 스치는 손가락, 그 아이가 나한테 한 번만 더 웃음을 보인다면 나는 아마 벼락 맞아 감전이라도 된 듯 정신을 잃고 쓰러질 것만 같다.

이렇게 가슴이 두근거리는 일은 처음이다. 큰일 났다. 시험이 내일인데 도대체 공부가 손에 잡히지 않는다.

"너, 어디 아프냐?"

엄마는 멍하게 앉아 있는 나를 보더니 내 이마를 짚어 보려고 했다.

"아, 아니야. 영어 단어를 속으로 외우고 있어서 그래."

나는 손사래를 치며 공부하는 중이라고 얼버무렸다. 걱정하는 엄마 등을 떠밀어 내 방에서 내보냈다. 엄마의 레이더망에도 내가 좀 멍청하게 보이나 보다. 조심해야겠다.

개가 멋있게 보였던 장면들을 떠올리며 난 다시 공상의 세계로 떠났다.

문자는 오지 않고 있다. 대신 바람만 왔다.

창문이 몹시 흔들린다. 덜컹대는 소리가 내 심장이 무너지는 소리 같다. 기다리는 문자는 오지 않고 창문만 마음을 뒤흔든다.

나는 봄 소풍 때 찍었던 반 전체 사진을 앨범에서 찾았다. 옥토끼 천문대에 갔을 때 찍었던 사진이다. 나는 키가 크기 때문에 맨 뒷줄에서 머리만 달랑 내밀고 있고, 걔는 키가 작기 때문에 맨 앞에 무릎을 접고 앉아 있었다. 나는 오른쪽 끝에, 걔는 왼쪽 끝에 있었다. 그때는 걔가 멋있는 줄 모를 때였다. 걔가 멋있는 아이란 걸 그때 알았더라면 나는 무릎을 굽혀서라도 그 아이 바로 옆이나 뒤에서 사진을 찍었을 거다.

책상에 놓인 수학 참고서는 아까부터 같은 페이지다. 조금은 초조하다. 엄마는 이번 시험을 망치면 알아서 하라고 틈만 나면 눈을 부릅뜬다. 하지만 무슨 수로 시험을 잘 보느냐 말이다. 아무리 외우고 풀고 이해를 해도 시험지를 받아 들면 머릿속이 하얗게 변하는걸.

앨범을 또 뒤졌다.

이번에는 실습 시간에 찍었던 사진이 나왔다. 걔는 나랑 같은 모둠이었다. 여태 그걸 몰랐다니. 걔는 책상 가까이 고개를 숙이고 뭔가를 열심히 만들고 있었다. 나는 그때도 멍청하게 수현이와 수다를 떨고 있었다. 이런 사진이 있었다니.

곰곰이 다시 생각해 보았다. 걔는 그때도 멋졌다. 마음씨도 착했다. 완전 매너 짱이다. 수현이랑 나랑 주고받는 쪽지를 말썽꾸러기 재우가 가로채서 구겼을 때도 얼른 다가와 재우에게 쪽지를 달래서 우리에게 주었다. 그때도 걔가 그렇게 멋있는 줄 몰랐다니.

수현이에게 문자를 보냈다.

– 쉰아, 시험공부 잘 돼?
– 아니. 걍 참고서 문제 풀고 있음. 수학 넘 어려움.
  내일 시험 대박 망칠 것 같음. 겁나 마니, 개 마니.

수현이도 공부가 잘 안 되는가 보다.

– 쉰아. 나는 말이지. 이상하다. 정말 미치기 일보 직전.
– 왜? 언니가 또 니 꺼 뺏어 갔음?
– 아니.
– 그럼, 문제 많이 틀림? 엄마한테 들켜서 혼남?

수현이는 내 마음을 알까? 내가 누구를 좋아하게 되었다고 말하면 "뭐라고?" 하면서 깔깔깔 웃을 거다. 그냥 아무한테도 말하지 않는 게 나을 거다. 괜히 웃음거리만 될지도 모른다. 지금은 수현이랑 친하게 지내지만 혹시라도 사이가 멀어지면 내가 누구를 좋아했네, 헤어졌네 하며 여자애들한테 죄다 말해서 말이 많아질지도 모른다.

수현이한테 말하는 거는 조금 더 있다 해도 될 것 같다. 하지만 답답해서 미치겠다. 그냥 지금 말해 버릴까. 아냐. 나는 입술을 꾹 다물고 머리를 세차게 흔들었다.

- 아냐. 바람이 많이 불어서 창문이 덜컹대.
- 근데? 어쩌라는 거임?
- 그래서 심란하다 이거지.
- 야! 빨리 문제나 더 풀음! 이번에 시험 잘 보면 엄마가
  스마트폰 사 준다고 했음.
- 야, 비겁하게 너만 핸드폰 바꾸면 아니 됨.
  야⋯⋯ 근데⋯⋯

수현이한테만 살짝 말할까? 비밀 같은 거 잘 지키는 것 같으니까 말해도 괜찮을 거야. 하지만 수현이 마음이 언제 바뀔지도 모르고, 그래도 혼자 품기엔 내 가슴이 터져 버릴 것 같고.

- 나 있지……

  너한테만 말하는 건데, 너 비밀 지킬 수 있어?
- 당근!
- 나 이상해. 누구 얼굴이 자꾸 떠올라.
- 내 얼굴~? ㅋ
- 아이구…… ㅠㅠ 걔 진짜 멋있어.

밖에서 엄마가 문을 두드린다.
"딸내미! 나와서 과일 먹어라. 문은 왜 잠가 놨냐?"
눈치 없는 엄마의 끼어듦이다.
"엄마, 나 지금 영어 단어 외우고 있어. 이따가 먹을게."
일단 엄마는 따돌렸다. 수현이의 문자가 이어졌다.

- 어머! 누구야?

  너, 고백받음? 아니면 고백했음?
- 아니야. 아직은……. 하지만 금방 고백할 것 같긴 해.
- 짝사랑? 하지 마셈. 자존심 상함. 확 말하고 사귀든지.
- 싫어. 나 싫다고 하면 어쩌냐?

  근데…… 걔도 내가 좋은가 봐.
- 누군데? 성격은? 생긴 건? 키는? 공부 잘해? 우리 반이야?
- 걔는 의리도 짱이고, 공부도 양심 있게 잘해.

말도 멋지게 하고 웃는 건 완전 끝이야.

— 푹 빠졌구나.

쯧쯧쯧 정신 차리셈! 근데 누구임?

"희정아, 공부는 뭔 공부? 내가 너 영어 실력 다 아는데. 사과 안 먹는다고 영어 점수 오르는 줄 아냐? 어여 나와서 한 쪽 먹고 해! 사과 다 식는다. 호호호."

엄마의 썰렁 유머가 오늘따라 아주 나를 죽인다.

"가만! 놔두라고!"

엄마가 이번에는 확실하게 내 의사를 전달받은 것 같다. 밖이 조용해졌다. 다시 내 손이 빨라졌다.

— 오늘 점심시간에는 나를 보고 씨익 웃는 거 있지.

수현이한테 털어놓고 나니 속이 시원했다. 역시 말하길 잘했다. 혼자 끙끙거리는 건 정신 건강에 안 좋은 일이다.

— 어쩔 거임? 사귀자고 해.

'넌 착하고 멋져. 하지만 난 아직 너하고 거리를 두고 싶어.'

모 이르케~. ㅋ

— 근데 차이면? 나만 쪽팔리잖아.

- 야! 공희정! 남자가 걔 하나임? 깔린 게 남자애들임.
  근데 누구임? 빨리 말해. 엄마 들어왔음.
- 걔가 누구냐면…… 말이지……

이렇게 망설이고 있는 사이에 걔한테 문자가 왔다. 빨리 확인해야지. 수현이한테는 직접 말해 줘야겠다.

- 쉰아, 이따가 내가 전화할게.

갑자기 목이 탄다. 냉장고에서 우유를 꺼내 마시면서 받은 메시지 함을 열었다.

> 내일 섬 끝나고 우리 롯데리아에 가자.
> 내가 치킨 쏠 거임.
> 우편함에 사탕 넣어 놨당.
> 너의 사랑 영진이가♥

오! 드디어 하나님, 부처님, 알라신이 내 소원을 들어주었다. 사탕이라니. 영진이도 나를 좋아, 아니 사랑하고 있었다니. 심장이 터져 버리기 일보 직전이다. 이렇게 갑자기 대시할 줄은 몰랐는데. 한발 물러서서 좀 밀당을 해야 하는 걸까. 아님 냉

큼 나도 너 좋아하고 있었다고 말해야 하는 걸까.

　– 아~놔~ 답장 좀~ㅋ
　　뭐 하는데 문자 계속 씹냐.

　아, 어쩌지? 뭐라고 답문을 하지?
　안 되겠다. 솔직하게 나가는 거다. 엄마가 만든 우리 집 가훈, '최선의 선택, 솔직하게!'를 떠올렸다. 아빠가 엄마 몰래 카드를 왕창 긁고 시치미 떼다가 걸려서 만들어진 가훈이 이럴 때 내 가슴을 후벼 파다니. 그래, 중학교 1학년 마지막 겨울에 뭔가 뜻깊은 인생의 추억을 만들어 보자.

　　음……,
　　나도 사실은
　　너를 좋아하고 있었어…….

　손가락이 떨렸다. 전송 버튼을 누를까 말까 갈등하고 있는데 바로 또 문자가 왔다.

　　나의 사랑 수현아♥
　　점심시간에 너 주려고

엄청 큰 치킨 다리 숨겨 놨었는데

　　너 심부름 가느라 못 줬음. ㅠㅠ

　이게 뭐냐. 미치다 못해 실성할 판이다. 수현이라니!

　나는 공희정인데, 원수현한테 갈 게 나한테 온 거다. 사랑하
는 수현이라니?

　어떻게 이런 일이. 그럼 수현이랑 영진이가 커플이었던 거야.

　수현이가 그렇게 궁금해하던 '걔'가 표영진이었는데…….

　내 눈에 자꾸만 어른거렸던 '걔'가 표영진이었는데…….

　사귀자고 고백하려 했던 '걔'가 표영진이었는데…….

　문자가 또 왔다. 이번에는 수현이다.

　– 쩡아, 사실 나도 말할 게 있음.

　　나도 누구랑 사귀고 있음.

　　진작 말하려고 했음.

　　너도 나한테 비밀을 말해 주는데 마구 찔림~. ㅋ

　수현이한테 뭐라고 하지? 잘 사귀라고 해야 하나? 걔랑 잘
어울린다고 해야 하나?

　으앙, 엄마! 난 몰라. 이게 다 고물 핸드폰 때문이라고. 엄마
말대로 솔직하게 나갔으면 큰일 날 뻔했다고. 눈물이 차오르

고 가슴이 터져 버릴 것 같다.

　수현이 이 계집애는 남친을 사귀면 바로 나한테 말을 해 줘야 하는 거 아닌가. 이제야 말을 한다고? 참, 어이가 없네. 기가 막혀. 나한테까지 비밀을 만드는 아이랑 계속 절친해야 하는 건가. 마구 찔려라, 찔려. 원수현.

　어흑, 헛다리 짚고 표영진한테 문자 전송 버튼을 눌렀으면 영영 돌아오지 못할 다리를 건널 뻔했다. 어흑, 식은땀 난다. 스마트폰이었으면 아마 벌써 좋아하네, 어쩌네, 개인 톡을 보냈을 거다.

　아, 눈물이 차오른다. 느려 터진 나의 고물 핸드폰을 들었다.

　- 쉰아, 걔한테 문자 온 거 있지.
　　고백했다. 나를 좋아한대.
　　근데 다시 생각해 보니 나는 별로.
　　그래서 내가 찼다.
　　속이 다 시원해.
　- 진짜? 대박! 공희정 센데.
　- 뭐, 그냥. ㅋ

　내가 찼다고 문자를 보내고 나니 마음이 눈곱만큼 괜찮아 졌다. 하지만 내일 아침이 되면 비참할 것 같다. 태양은 눈부시

게, 그리고 찬란하게 떠오르겠지.

아, 빗나간 내 사랑. 아으, 어쩐지 이상했단 말이야.

나는 내일 그 아이를 만난다.

봉우리

신선해

엄마의 작은 눈이 퉁퉁 부어 있다. 눈을 거의 뜰 수 없는 지경이다.

엄마는 어제, 몇 달 만에 미용실에 다녀온 뒤부터 저 꼴이 된 거다. 오랜만에 파마를 하러 갔는데 새로 바뀐 주인이 오픈 기념으로 속눈썹 파마를 공짜로 해 준다고 했단다. 엄마는 쌍꺼풀 수술을 하는 게 소원인 사람이다.

"요즘 쌍꺼풀 수술이 수술이냐? 지영이 엄마도 엊그제 했더라. 사람이 싸~악 변했어. 몰라보겠더라고. 느이 아빠는 나한테 당최 신경을 안 써요."

엄마는 아빠의 눈치를 슬금슬금 보면서 목소리를 높이고는 했다.

"미치~인, 지랄!"

아빠의 묵직한 대답.

엄마는 쌍꺼풀 수술 대신 속눈썹에라도 파마를 하면 그나마 눈이 커 보이지 않을까 해서 했단다. 거기다 공짜라니 뭐, 말 다했다. 쌍꺼풀이 없는 엄마의 눈은 지방질이 많아 두껍기까지 하다. 조금만 울어도 그야말로 '눈탱이가 밤탱이'처럼 엄청나게 붓는다. 그런데 속눈썹, 숱도 거의 없는 속눈썹에 파마를 하고 왔으니…… 쩝.

"선해야, 선해야!"

엄마는 가라는 병원에는 안 가고 시력도 안 좋은 나한테 자꾸 엄마의 통통 부은 눈을 보라고 하는지 모르겠다.

"이 계집애가 뭐 한다냐? 신선해! 와서 눈 좀 봐 보라니까!"

"내가 보면 뭐 하는데! 이미 확 부풀어 올랐다고. 안과에나 가 봐!"

"안과 가면 생돈 날아가잖아."

"그럼 그 눈으로 어떻게 다닐 건데?"

"본 헤언지 볼 헤언지 어디서 굴러먹다가 우리 동네로 들어와서, 실력도 없는 것들이 내 눈을 이 지경으로 만들어 놨네.

아고 재수 없어."

"누가 공짜로 해 준다고 덥석 하래?"

"이것아, 속눈썹 파마하는데 5만 원이야, 5만 원! 서비스로 해드릴게요 하는데 해야지 그럼 안 하냐?"

나는 한심한 눈으로 엄마를 보다가 내 방으로 들어왔다. 속눈썹 파마 약이 세긴 센가 보다. 엄마 눈은 지금 막 쌍꺼풀을 만들고 수술실에서 나온 눈처럼 부풀어 올랐다.

부풀어 올랐다……?

내 가슴도 부풀어 오를, 그런 날이 올까.

고개를 숙여 내 가슴을 보았다. 흘러내리는 안경을 고쳐 쓰고 다시 보았다.

시베리아 평원처럼 평평한 벌판.

비참해.

탱탱하게 부은 엄마의 흉측한 눈마저 부러움의 대상으로 만드는 밋밋한 내 가슴.

침대 위에 아무렇게나 팽개쳐 놓은 브래지어를 보았다.

뽕이 잔뜩 들어간 브라자.

엄마는 브래지어를 브라자라고 부른다. 정말 촌스럽기 이를 데가 없다. 그런데 탱탱하게 솟아 있는 솜뭉치를 보니 브래지어보다 브라자라는 말이 더 어울리는 것 같긴 하다.

슬프다.

친구들은 가슴이 커서 체육 시간이 싫다는 둥, 달라붙는 옷이 부담 된다는 둥 잘난 척하는데, 그야말로 지랄들이다. 나는 옆에서 듣고 있다가 조용히 그 자리를 피한다.

내 가슴은 아스팔트에 달라붙은 껌딱지다.

엄마는 나의 성장 속도가 조금 늦을 뿐이라고 대수롭지 않게 말한다. 딸내미 속 타는 줄은 모른다.

다음 체육 시간에는 브라자가 올라가지 않도록 조심해야 한다. 가슴이 절벽이라 브라자를 꽉 조이지 않고 철봉이라도 할라치면 이게 눈치 없이 올라간다. 지난번에 철봉에서 매달리기를 하다가 브라자가 기어 올라가서 진짜 애먹었다.

한데 월요일에 매달리기 시험을 본단다. 정말 콱 죽고 싶다. 아니 아니, 껌딱지 같은 가슴 때문에 죽는 건 억울할 것 같고, 학교에 확 불이라도 났으면 좋겠다. 정말 학교에 가기 싫다.

아~ 한심한 내 가슴.

이렇게 가슴이 빈약한 나 같은 애를 누가 좋아할까?

무슨 수를 쓰긴 써야겠다.

거실에서는 엄마가 매일 듣는 음악이 깔리고 있다. 엄마가 좋아하는 애창곡. 엄마는 저 노래만 나오면 눈을 감고 온갖 폼을 잡으며 다른 사람이 된다. 지겹다. 남자 가수가 작은 목소리로 나긋나긋 말하는 게 먼저 나오는 노래.

사람들은 손을 들어 가리키지.

높고 뾰족한 봉우리만을 골라서.

(맞아, 사람들은 높고 탱탱한 가슴을 좋아하지.)

내가 전에 올라가 보았던 작은 봉우리 얘기해 줄까?

봉우리…….

지금은 그냥 아주 작은 동산일 뿐이지만

그래도 그때 난 그보다 더 큰 다른 산이 있다고는

생각지를 않았어.

나한테는 그게 전부였거든.

(맞아, 나한테는 내 작은 봉우리가 전부야. 흑흑.)

김사이

형은 오늘도 농구를 하고 왔다. 그것도 반바지를 입고.

땀을 뻘뻘 흘리며 문을 열고 들어서는데 형의 쭉 뻗은 허벅지가 보였다. 근육이 불뚝거리는 장딴지를 보니 한숨이 저절로 나온다. 털까지 거뭇거뭇하니 야성미가 흐른다. 나는 집에서나 반바지를 입을 수 있는 처지다. 내 다리가 하마 다리마냥 두껍기 때문이다. 2학년 올라와서는 살이 더 쪘다. 89킬로그램. 뱃살이 출렁거리고 팔뚝과 허벅지 살들이 접힌다. 형의 꿀벅지를 보니 괜히 부아가 치민다.

알프레드가 시키는 대로 하고 있기는 한데, 효과가 있는 건지는 모르겠다. 나도 형처럼 쭉 뻗은 꿀벅지를 만들 수 있을까? 살을 뺄 수는 있을까? 알프레드를 만난 건 행운인 것 같은데, 알프레드 말이 맞기는 한 건지……. 살이 좀처럼 빠질 생각을 안 한다.

여름에 반바지를 입고 돌아다닌 기억은 초등학교 때까지밖에 없다. 정확히 초등학교 6학년 때까지다. 내가 짝사랑하는 선해가 내 다리를 보고 "그 다리로 어떻게 학교에는 다닌다니?"라고 말하는 바람에 충격 먹고 그다음부터는 절대, 저얼~대 반바지를 안 입는다.

퉁퉁하게 불어 터진 맨살을 내보일 수는 없다. 절대 못 입는다, 반바지는.

어제 체육 시간에 선생님께서 눈치 없이 소리를 질렀다.

"김사이! 너는 왜 긴바지야? 반바지 안 입어?"

선생님이 까마귀 고기를 잡수셨나, 몇 번이나 말했는데.

"저어……."

"저, 뭐?"

"저어기……."

다리에 흉터가 있어서 긴바지를 못 입는다고 말했는데도 또 저 소리다.

"다음 시간엔 반바지 입어! 보기만 해도 덥다."

"저어, 다리에 흉이 있어……서요."

"그럼 알아서 해."

우리 반 애들이 나를 불쌍하다는 눈으로 쳐다보았다. 특히 여자애들이.

"어이, 사이다! 하마처럼 뚱뚱한데 다리에 흉터까지 있다니. 너는 연애하기는 글렀다. 쯧쯧"

이렇게 말하며 내 어깨를 툭 치고 지나가는 놈들 뒤로 선해랑 다른 여자애들이 오고 있었다.

'으이구, 저 자식을 확!'

여자애들은 자기들끼리 킥킥대며 지나갔다. 쥐구멍에라도 들어가고 싶었다. 월요일 체육 시간에는 아프다고 둘러대든지 해야겠다.

아차, 매달리기 시험이라고 했지. 철봉에 매달리자마자 주르륵 떨어질 텐데…… 하나마나다.

내가 땅으로 떨어지는 속도를 보면 중력의 힘이 얼마나 큰지 누구나 혀를 내두를 게 분명하다.

에이 씨, 학교 가기 싫어. 누가 학교를 확 폭파시켜 버렸으면 좋겠다.

알프레드! 제발 도와줘! 내 말 듣고 있니?

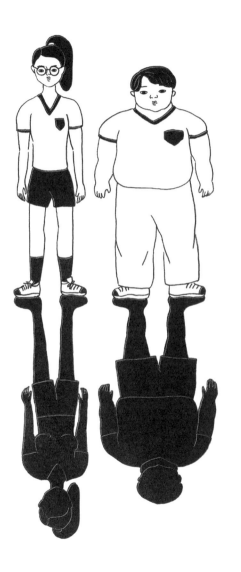

신선해

"아빠! 아빠도 엄마랑 성관계해서 날 낳았어?"

선미가 현관문을 열고 쿵쾅거리며 들어왔다. 선미는 신발 벗기가 무섭게 소파에 누워 텔레비전을 보던 아빠한테 냅다 물었다. 나는 엄마 몰래 우유팩을 통째로 들고 마시는 중이었다. 켁, 느닷없는 엉뚱한 질문에 우유가 목에 걸렸다. 나는 입술 사이로 우유를 흘리고 말았다.

'아이고, 저 쪼다, 멍청이.'

선미는 열 살이다. 친구 생파에 갔다가 어디서 무슨 얘기를 듣고 왔는지 대낮부터 낯 뜨거운 질문이다. 아무리 초딩이라고 해도 정말 무식하다. 아빠는 꾸벅꾸벅 졸다가 마른하늘에 웬 날벼락이냐, 하는 표정으로 눈을 끔벅거렸다.

"아빠도 엄마랑 성관계해서 날 낳았냐고?"

아빠는 귀까지 벌게져서 우물쭈물하고 있었다. 엄마가 샤워를 마치고 욕실 문을 열고 나왔다.

"웬 개뼈다귀 같은 소리야? 생일 파티 갔으면 맛있는 거나 먹고 올 일이지, 어디서 요상한 얘길 듣고 와서."

나는 손에 든 우유팩을 얼른 냉장고에 넣고 바닥에 흘린 우유를 닦았다. 완전 범죄 성공!

"신선미, 그걸 말이라고 하니? 그럼 너랑 나랑 다리 밑에서 주워 왔겠냐, 삼신할미가 데려왔겠냐. 엄마 아빠가 거시기 해서 낳은 거지."

나는 알 건 다 아는 중학생이다. 저런 거나 물어보고 있는 선미가 한심했다.

"아이, 불결해."

가만히 눈치를 보던 선미가 말했다.

"그려. 거시기 혀서 낳았다. 서로 좋아하고 사랑하는 사이니까 거시기도 했지."

엄마는 머리카락에서 흘러내리는 물기를 수건으로 닦으면서 말했다. 아빠는 괜히 콧구멍만 파면서 킁킁거리고 있었다.

"신선해! 신선미! 귀신 씨나락 까먹는 소리 그만하고 시험공부나 하시지. 기말고사가 내일 모레잖아."

"엄마, 나 서현이랑 시험공부 같이하기로 했거든. 갔다 올게."

나는 전쟁터에서 빠져나갈 적당한 핑계를 찾아서 도망쳐야 했다.

"모이면 수다나 떨지 공부가 되겠어? 집에서 해!"

"걔네 집은 에어컨이 빵빵 잘 돌아가. 우리 집은 너무 더워서 집중이 안 된다고."

"하긴. 에어컨이 고장 나서 바꾸기는 해야 할 텐데. 에이그, 저 화상은 에어컨 바꿔 줄 생각을 안 하네."

엄마는 콧구멍을 파던 아빠한테 눈총을 주면서 안방으로

들어갔다. 우리 아빠는 엄마가 에어컨 얘기할 때는 '화상'이 되고 쌍꺼풀 얘기할 때는 '느이 아빠'가 된다.

선미는 멍 때리는 얼굴로 나한테 물었다.

"언니, 저 둘은 정말 좋아하기는 한 거야?"

"낸들 알겠냐."

"그런데 언니 가슴은 납작 가슴이잖아? 그래도 애는 낳을 수 있는 거야?"

"야! 애 낳는 거랑 가슴이랑 뭔 상관인데? 그리고 난 결혼 안 할 거거든!"

나는 선미 머리를 콱, 쥐어박고 내 방으로 들어왔다. 선미는 으앙, 울음을 터뜨렸다.

"이것들아, 너희들은 왜 붙었다 하면 쌈박질이야?"

나는 가방에 책, 프린트한 종이, 끈을 집어넣고 얼른 집을 나왔다. 이거라도 붙들고 있어야 그나마 마음이 편하다. 엄마의 잔소리를 들으니 집을 나오는 게 백 번, 천 번 나았다. 갑자기 집을 탈출하게 된 터라 어디로 가야 할지 막막했다. 일요일인데 남의 집에 가는 것도 실례이고, 누구를 불러낼까 고민하다가 수연이한테 전화했다.

"수연아, 나와서 놀래?"

"더워. 엄마가 집에서 시험공부하래."

나는 안경을 고쳐 쓰고 하늘을 보았다. 구름이 살짝 끼어 있었지만 구름 뒤에 숨어 있는 태양이 뜨겁게 보이는 날이다.

'그래. 저렇게 내 가슴도 활활 타오른단 말씀이다.'

뒷산에 가서 정자 그늘에 앉아 있다 와야겠다. 산이라고 해봐야 작은 언덕배기일 뿐이지만 운동 기구랑 정자가 있어서 애들이랑 가끔 몰려가는 곳이다. 생각나는 곳이 거기밖에 없다니.

꿀꿀한 날이다. 가슴 때문에 고민하는 애는 나밖에 없을 거다. 친구들이 찜질방에 가자고 해도 납작 가슴이 창피해서 같이 목욕을 할 수가 있나, 수영장을 마음대로 갈 수가 있나, 정말 이 세상에 나 혼자밖에 없는 것 같다. 처음부터 비밀을 만들지 말았으면 좋았을 텐데. 난 찌질이에 못난이 겁쟁이다.

뒷산에 사람들이 많지 않다. 물통이라도 들고나올걸. 목이 탄다.

김사이

당신을 정상적인 몸매로 만들어 드립니다.
무의식 속의 마음을 훈련시켜 원하는 몸매로 만드는 강력한 훈련을
지금 바로 시작하십시오.

책상 위에 붙어 있는 종이를 노려보았다. 나는 매일 알프레드 박사가 시키는 대로 '정상적인 몸매 만들기 프로젝트'를 10단계까지 했다. 하지만 아무리 내 무의식에 강력한 메시지를 보내도 소용이 없다.

오늘은 성질이 나서 확 종이를 뜯어 버렸다. 갈가리 찢어 쓰레기통에 처박았다. 무의식보다는 의식에 투자를 하고 훈련하는 것이 더 바람직한 것 같다.

형은 오늘도 농구를 하러 간다고 했다. 오늘따라 더 짧은 반바지를 입고 나왔다. 같은 반 여자애들이 응원하러 온다나 뭐라나 하면서.

"사이야, 오늘도 방구석에 처박혀 있을 거냐?"

"더워. 이런 날은 집이 최고야."

"그러니까 돼지처럼 자꾸 살이 찌지. 잘 하면 은둔형 외톨이

나시겠다."

"에잇, 외톨이가 되든 내톨이가 되든 형이 뭔 상관인데?"

"그래, 이 몸은 나가신다. 바이바이!"

나는 가운데 손가락을 내밀어 형에게 엿을 먹였다. 형은 낄낄거리면서 혀만 쏙 내밀고 문을 닫고 나가 버렸다. 형은 더운 날 불난 집에 부채질까지 하고 나갔다. 돌겠다. 그래도 형의 뒷모습이 멋있는 건 어쩔 수 없다.

안 되겠다. 어떻게 해서라도 살을 빼서 형의 코를 납작하게 만들어야지. 그런데 어떻게 하지? 매일 뒷산에라도 올라가 볼까? 거기에 운동 기구도 있으니 죽어라 운동도 하고, 저녁 6시 이후로는 절대 먹지 말고.

지금 당장, 고우!

겁나게 운동을 하려면, 이 더운 날 긴바지를 입고 나갈 수는 없다. 반바지를 입는 게 좋겠지. 그러나 초등학교 6학년 이후로는 반바지를 입고 밖에 나가 본 적이 없으니 입고 나갈 반바지가 있나. 집에서 입는 반바지는 차마 입고 나갈 수가 없을 것 같았다. 하지만 헐렁하게 입을 수 있는 바지는 이거밖에 없다. 바짓단에 유치하게 파란색 단이 들어가 있기는 하지만 그럭저럭 입을 만했다. 할 수 없다. 이것밖에 없으니.

밖은 무지 더웠다. 땀이 차서 바지가 들러붙었다. 윗도리도 마찬가지다. 하지만 내 몸매를 위해 이 정도는 충분히 각오해야 한다. 뒷산에 올라오니 그나마 나무 그늘은 시원하다. 그런데 저게 누구신가?

'오! 선해다, 신선해. 쟤가 웬일로 여기에 왔을까?'

내 가슴은 두근거리기 시작했다. 아니, 가슴은 원래부터 두근거렸다. 안 그러면 난 벌써 죽었겠지.

나는 얼른 나무 뒤에 숨었다. 이 몰골로 선해 앞에 나설 수는 없다.

선해는 내가 초등학교 때부터 좋아하는 애다. 나에게 던진 심각한 말 한마디에 내 중학교 생활이 지옥 같기는 하지만 그래도 나는 선해가 좋다. 안경 너머로 가끔씩 웃는 눈길을 마주치면 그야말로 뿅 간다.

알맞은 허벅지에, 알맞은 키에, 알맞은 눈에, 알맞은 입술에, 알맞은 팔뚝에, 알맞은 허리에, 알맞은 가슴에. 알맞지 않은 게 어디 하나라도 있는가 말이다. 성격까지도 알맞게 착하다.

어제 체육 시간에 매달리기를 하는데, 선해의 체육복 윗도리가 살짝 올라가 배꼽이 보였다. 어쩌면 배꼽도 저리 알맞을까 생각했다. 봉긋 솟아오른 가슴도 어찌 그리 알맞게 탱글탱글하게 보이는지.

얇은 체육복 위로 오르락내리락하는 가슴을 보고 있자니 괜히 헐떡거리다가 숨이 막혔다. 보드라운 두 개의 가슴 봉우리가 손 안에 들어와 있는 상상을 하니 저절로 눈이 감겼다.

알프레드 박사의 10단계 프로그램에서는 상상력이 부실했던 내가, 선해를 상상할 때는 온몸의 세포가 알아서 깨어나는 것만 같았다. 가서 확, 안아 보고 싶은 마음이 굴뚝같았다. 침만 꼴깍 삼키고 말았지만.

오늘 선해 얼굴은 완전 똥 씹은 얼굴이다. 가방까지 메고 앉아서 무슨 생각을 저리 하고 있을까?

선해는 주위를 두리번거리더니 작은 오솔길이 나 있는 쪽으로 걸어갔다. 나는 모자를 푹 눌러쓰고 그쪽으로 슬금슬금 가 보았다. 선해는 한숨을 포옥 내쉬더니 가방에서 끈을 꺼냈다. 하얀색 끈인데 제법 굵직하다. 선해는 여기저기 나뭇가지를 살펴보더니 손에 들고 있던 끈을 나뭇가지에 걸었다.

'설마, 쟤가……. 어떻게 하지? 이 꼴로 선해 앞에 나설 수도 없으니…….'

선해는 가방을 내려놓고 무슨 종이쪽지를 꺼냈다.

'틀림없어. 쟤가…….'

마음이 급했다.

나는 다다다, 달리고 싶었지만 엉거주춤 헉헉 달려갔다.

선해한테가 아니라 운동 기구 옆에서 운동을 막 시작하려고 하는 어떤 아저씨한테.

자초지종을 설명했다. 나는 나설 수 없으니 아저씨가 가서 말리라고 말이다. 착하게 생긴 아저씨는 고개를 갸웃하더니 오솔길 쪽으로 갔다. 나는 아저씨 뒤를 따라 선해가 있는 쪽으로 살금살금 따라갔다. 선해는 아까 그 자리에 있었다. 끈을 만지작거리면서 종이쪽지를 보고 있었다. 한숨을 푹 내쉬면서.

마지막 최후의 얼굴. 모든 집착을 버리고 초월한 듯 보이는 저 모습. 봉긋 솟아오른 가슴은 오르락내리락.

'선해야……'

신선해

하라는 게 뭐 이렇게나 많은 걸까. 하지만 하라는 대로만 해서 가슴이 커진다면야 못 할 것도 없지.

⊙작은 가슴을 크게 만드는 방법

1. 양손에 끈을 잡고 팔꿈치를 들어 올린다. 이때 끈은 안전한 곳에 걸쳐 둔다. 이 상태에서 머리 위로 두 팔을 들어 올렸다가 내린 다음 가슴 앞으로 양팔을 모은다. (10회 반복)

2. 양손에 책을 한 권씩 잡고 팔꿈치를 굽혀 두 팔을 양옆으로 벌리면서 숨을 들이쉰다. 숨을 내쉬며 가슴 쪽으로 팔을 모아 준다. 팔꿈치는 서로 닿도록 해서 팔꿈치에서 손까지 V 자 모양이 되게 한다. (20회 반복)

:
:

나는 프린트물에 적힌 '가슴 커지는 방법 10가지'를 뚫어지게 바라보았다. 동작을 머릿속으로 그려 보니 무척 까다롭다.

"휴~ 힘들어. 이렇게까지 하면서 살아야 하나?"

그때였다. 웬 아저씨가 나타나 내 손목을 붙들었다.

"무슨 소리야, 학생. 살아야지."

난 깜짝 놀랐다. 치한인가 싶어서 손을 뿌리치고 뒤로 물러섰다.

"네? 뭐가요?"

"힘들어도 이러면 못써요. 앞으로 살아갈 날이 얼마나 많은데……."

"네?"

나는 안경 너머로 이상한 아저씨를 바라보면서 경계를 늦추지 않았다.

"왜 죽느냐고."

"죽긴 누가 죽어요."

"그럼 이 끈은 왜 나뭇가지에 걸었어?"

"아, 이거요? 우헤헤."

나는 갑자기 미친 듯이 웃음이 터져 나왔다.

"아니, 이 학생이……."

"이거요? 운동하고 있는 거예요."

나는 웃음을 간신히 참으며 어이없는 투로 말했다. 아저씨는 나보다 더 어이없다는 얼굴을 하고 껄껄 웃으며 정자 쪽으로 갔다.

별일이다. 요즘은 옆에서 사람이 죽어도 나 몰라라 하는 세상인데 저런 아저씨도 다 있다니. 세상 참, 오래 살고 볼 일이다.

나는 1번 동작을 하려고 다시 종이를 뚫어지게 보았다.

'가슴 키우기 정말 힘들어.'

김사이

나는 멀리서 가슴을 졸이며 선해와 아저씨를 보고 있었다. 그런데 서로 몇 마디를 주고받던 선해가 허리를 잡고 웃기 시작했다. 이어서 아저씨도 껄껄거리며 웃었다.

'저게 어떤 시추에이션이란 말인가?'

아저씨가 이쪽으로 오고 있었다.

"아저씨, 어떻게 된 거예요?"

"인석아, 운동 중이시란다."

아저씨는 내 뒤통수를 살짝 한 대 치고는 갔다.

'운동? 운동을 하려고 끈을 나뭇가지에 걸었단 말이야?'

황당했다. 선해는 종이를 보며 이상한 동작들을 반복하고 있었다.

'어쨌든 다행이다. 괜히 오버했네.'

뭐든 예쁜 선해도 운동을 하다니. 운동도 별 희한한 운동을 다 하고 있다. 짝사랑하는 선해도 운동을 하는데 내가 못 할 게 뭐가 있느냐 말이다.

나는 고개를 들고 산봉우리를 쳐다보았다. 산은 참 높다. 밑에서 보는 산은 더 높게 보인다. 등산 코스로 뻗어 있는 산길로 발걸음을 옮겼다. 운동이라면 ㅇ 자도 싫어하는 나다. 다시 내려올 산을 뭐 하러 낑낑대며 올라가는지, 등산하는 사람들을 보면 도대체 이해할 수가 없다. 산을 쳐다보는 것만으로도 숨이 막혔다. 그래도 나는 씩씩하게 발걸음을 옮겼다.

산은 처음에는 만만했지만 올라갈수록 숨통을 조여 왔다. 정상까지 어떻게 가나, 한숨이 나오고 땀은 비 오듯 했다. 내가 왜 이러고 있나. 미친 짓 같다. 한참 올라가다가 작은 그루터기에 퍼질러 앉아 땀을 식혔다.

멀리 보이는 산봉우리를 보고 있으니 가야 할 길이 더 힘들게 느껴졌다.

'오늘은 첫날이니까 여기까지만 하고 내려갈까?'

입을 벌리고 숨을 쉬어도 숨 쉬는 게 힘들다.

신선해

"엄마! 나는 왜 이렇게 가슴이 작은 거야. 아무래도 수술해야 할 것 같아. 완전 빈대야. 절벽이라고!"

나는 교복을 입으면서 투덜거렸다.

"신선해 양, 뽕 브라 하면 되거든요. 수술은 뭔 수술? 머리에 피도 안 마른 게 수술은."

"엄마는 허구한 날 쌍꺼풀 한다고 난리면서 나는 왜 안 되는데?"

"대학 졸업해서 좋은 직장 잡아 네가 돈 벌어 수술해. 아니면 결혼해서 남편 보고 해 달라고 하든지."

엄마 말에 나는 풀이 죽어 문을 열고 나왔다. 내 성적에 좋은 대학 가기는 글렀고, 그러니 수술하기도 글렀다. 날은 왜 이렇게 푹푹 찌는지. 뽕이 잔뜩 들어간 브라자에 손수건까지 끼워 넣었으니 더 더운 것 같다.

체육 시간, 올 것은 오고야 만다.

우리 학교 체육복은 옷감도 진짜 후졌다. 속옷이 다 보일 지경이다. 나는 잔뜩 신경을 쓰며 맨손 체조를 했다. 팔을 올릴 때도 조심조심, 내릴 때도 조심조심.

체육 선생님의 매달리기는 특이하다. 1단계, 철봉을 목 근처에 대고 팔을 굽혀서 매달리기. 2단계, 그렇게 매달리다가 힘이 빠지면 팔을 쭉 펴고 그야말로 철봉에 대롱대롱 매달리기. 나한테는 2단계가 죽음의 코스다.

"두 사람씩 나온다. 번호순으로!"

앞에서 악다구니로 버티는 애들을 보고 있자니 눈은 자꾸 가슴 쪽으로만 쏠렸다. 다른 애들 가슴은 통통하니 봉긋했다. 슬쩍 아래로 눈을 깔고 내 가슴을 보았다. 내 것도 봉긋하게 솟아 있다. 손수건까지 집어넣었으니 봉긋하지 않으면 그게 더 이상하지.

드디어 내 차례.

나는 철봉에 눈을 고정시킨 채 손가락을 잘 펴고 철봉을 꽉 쥐었다. 그런데 난데없이 와아! 하는 함성 소리가 들렸다. 고개를 들어 앞을 보았다. 반장이 땀을 뻘뻘 흘리며 아이스크림을 가지고 오는 게 보였다.

"오늘 쏜다고 했지? 내가 쏜다면 쏘는 사람이거든."

체육 선생님이 거들먹대며 말했다.

"이쪽 한 줄이 한 팀이고, 저쪽 한 줄이 한 팀이다. 지금 이기는 사람이 속한 팀한테 아이스크림 몰아주기!"

선생님 말이 끝나자마자 아이들은 알아듣기 힘든 광란의 소리를 질러 댔다.

이게 무슨 운명의 장난이냐. 나는 대충 매달리는 척하다가 내려올 생각이었는데. 앞에 앉아 있는 우리 팀 아이들이 손뼉을 치며 내 이름을 부르기 시작했다.

"신선해! 신선해! 힘내라 힘!"

다른 팀 아이들도 짝꿍 이름을 부르기 시작했다.

"이마리! 이마리! 이겼다! 이겼다!"

삑! 호각 소리가 들렸다. 나와 내 짝꿍은 눈을 감고 매달리기를 시작했다. 나는 대충하고 내려올 수가 없었다. 아이들이 내 이름을 크게 외쳐 댈 수록 점점 나는 마법에 걸려든 포로가 되어 갔다. 뭔가 알 수 없는 힘이 손에서 불끈 솟아올랐다. 아이들이 이렇게 나에게 열광했던 적이 있었나. 내 정신은 몽롱해졌다.

'그래, 알았어. 알았다고, 이긴다니까.'

그 순간 얼굴에 피가 확 몰리면서 아무 생각도 할 수가 없었다. 그저 철봉을 쥔 손목에 모든 힘을 그러모았다. 손에서 벗어나려는 철봉을 부여잡느라고 온몸이 사시나무 떨리듯 부들부들 떨렸다. 으드득, 어금니에 힘을 꽉 주었다.

"신선해! 신선해!"

나를 불러 대는 아이들의 목소리는 나를 어두운 터널 속으로 계속 몰아넣었다. 터널 속은 암흑천지다. 눈은 마치 순간접착제에 딱 달라붙은 것처럼 떠지지 않았다. ……얼마나 그러고 있었을까. 나는 그만 정신이 나간 게 틀림없다.

"와아!"

아이들의 함성 소리가 아스라이 들려왔다. 딱 달라붙어 있던 눈이 퍼뜩 떠졌다. 내가 이겼다. 우리 팀이 이긴 거다. 순간, 나는 손목에서 힘이 빠져 밑으로 털썩 떨어졌다. 그제야 외출했던 정신이 돌아왔다.

'뽕 브라자!'

나도 모르게 얼른 가슴을 내려다보았다. 두 개의 봉우리가 거의 턱 밑까지 기어 올라와 있었다. 게다가 브라자 속에 끼워 둔 손수건이 어쩐 일인지 V 자로 파진 체육복 목둘레 바깥으로 삐죽 고개를 내밀고 있는 게 아닌가.

'오 마이 갓!'

아이들은 자기가 좋아하는 아이스크림을 서로 차지하느라 나한테 신경 쓸 여유가 없어 보였다. 다행이었다. 나는 그 틈에 고개를 숙이고 화장실로 냅다 달리기 시작했다.

"야! 신선해! 어디 가! 아이스크림 안 먹어?"

'안 먹어. 너희들이나 많이 먹으셔.'

김사이

괜히 알프레드를 버렸나 보다.

책상 위에 있을 때는 그거라도 보면서 위안을 삼아 10단계까지 열심히 했는데, 알프레드의 몸매 관리 프로젝트가 없으니 허전해 미치겠다. 어제 산 정상까지 갔다 와서 그런지 장딴지가 딱딱하게 뭉쳤다. 만져 보니 아프다. 산을 계속 오르다 보면 근육이 생겨 더 뚱뚱해지는 건 아닌지 모르겠다. 앞으로 계속 정상까지 올라갔다가 내려와야 할지 고민이다.

체육 시간. 오늘도 난 긴바지다.
체육 선생님이 왜 긴바지를 입었냐고 물어보지 않아 정말 다행이다. 날씨는 무지하게 덥다. 여자애들이 먼저 철봉에 매달렸다. 악착같이 매달리는 애들도 있고, 올라가자마자 톡 떨어지는 애들도 있다. 조금 있으니 나의 선해가 올라갔다. 선해의 가슴은 오늘도 알맞은 모습으로 아름답게 솟아 있다.
갑자기 아이들이 내지르는 소리에 뒤를 보니 반장이 아이스크림을 가지고 왔다. 체육 선생님이 쏘는 거란다. 해가 서쪽에서 뜨겠다. 저 구두쇠가 웬일일까? 뭔가 잘못한 일이 있는 게 분명하다. 아이들 입막음용으로 뇌물을 쓰는 게 확실하다. 하지만 웬 떡이냐, 주겠다는데 먹어야지.
오우! 선해가 끝까지 버티고 있다니 대단하다. 그런데 이상한 일이다. 선해의 가슴이 자꾸만 위로, 위로 올라가는 게 아닌가.

얼굴이 점점 벌게지며 선해가 온 힘을 다하고 있는 동안, 더욱 이상한 일이 벌어졌다. 선해의 체육복 윗도리 목 근처에 뭔가 허연 게 비죽 튀어나온 것이다.

'저게 뭐지?'

드디어 선해가 이겼다. 그런데 철봉에서 내려온 선해 얼굴은 완전 똥 씹은 얼굴이 되었다. 정자에서 봤던 얼굴보다 더 심각했다. 선해 팀 아이들은 아이스크림을 먹게 되었다고 난리들이다.

그런데 선해의 올라간 가슴이 내려올 줄을 모른다.

그리고 나는 못 볼 것을 보고야 말았다.

선해가 올라간 가슴을 아무도 모르게 손으로 쓰윽, 내리는 모습을.

목 근처까지 올라갔다가 내려오는 가슴은 무슨 가슴이란 말인가. 선해의 원격 조정 가슴? 매달리기에서 이겨 놓고도 풀이 죽은 선해는 운동장을 가로질러 화장실로 뛰어갔다.

내가 그동안 선해에 대해 모든 것이 알맞다고 생각했던 것은 사실이 아닐지도 모르겠다. 선해의 탱탱하게 봉긋 솟아올라 있던 가슴은 허구일지도 모르겠다.

하지만 무슨 상관이겠냐. 온 세상이 사실은 허구투성이에 거짓말투성이인걸. 내 바지 속에 감추어진 하마 다리나 선해의 원격 조정 가슴 정도야 약과지.

원격 조정 가슴이 뭔 상관이냐. 다른 게 알맞은데. 알맞은 얼굴, 알맞은 입술, 알맞은 허벅지, 알맞은 허리, 알맞은 키, 알맞은 팔뚝, 거기다가 알맞게 착한 성격까지. 나보다는 모든 게 훨씬 알맞게 자란 아이인걸.

내가 자기를 이렇게 좋아하고 있는 줄 쟤는 알까?

신선해

전쟁 같은 하루가 지났다. 현관문을 열었다. 털썩, 가방이 어깨에서 바닥으로 힘없이 떨어졌다.

'내가 뭐 하며 사는 거지? 왜 이렇게 살아야 하는 거지? 누구를 위해서……. 정말 비참한 하루였어. 혹시 누가 봤을까? 앞으로 또 이런 일이 생기지 말란 법도 없고. 그때는 완전히 아이들 웃음거리가 될 거야. 아, 내일은 어떻게 학교에 가나.'

나는 내 방으로 들어와 그놈의 뽕 브라자를 벗어던졌다. 그리고 서랍 깊숙이 넣어 두었던 작은 브래지어를 꺼내 입었다. 이제야 브래지어는 내 몸에 잘 맞았다.

'처음부터 이러면 됐을 텐데. 괜히 가짜 가슴을 만들어서 고생이나 하고……. 그런데 갑자기 통통한 가슴에서 납작한 가슴으로 내려가도 되는 걸까, 너무 멀리 와 버린 건 아닐까.'

"선해 왔냐? 엄마 눈 드디어 내려갔다! 정상으로."

안방에 있던 엄마가 거실로 나오며 들뜬 목소리로 말했다.

'나도 내려왔어요. 뽕 브라 산에서요.'

엄마가 매일 틀어 놓는 노랫소리도 들려왔다. 엄마가 좋아하는 애창곡. 김민기 아저씨의 노래.

허나 내가 오른 곳은 그저 고갯마루였을 뿐.

길은 다시 다른 봉우리로.

거기 부러진 나무 등걸에 걸터앉아서 나는 봤지.

낮은 데로만 흘러 고인, 바다.

작은 배들이 연기 뿜으며 가고.

이봐 고갯마루에 먼저 오르더라도

뒤돌아서서 고함치거나

손을 흔들어 댈 필요는 없어.

난 바람에 나부끼는 자네 옷자락을

이 아래에서도 똑똑히 알아볼 수 있을 테니까 말야.

또 그렇다고 괜히 허전해하면서

주저앉아 땀이나 닦고 그러지는 마.

땀이야 지나가는 바람이 식혀 주겠지 뭐.

혹시라도 어쩌다가 아픔 같은 것이 저며 올 때는

그럴 땐 바다를 생각해.

바다…….

봉우리란 그저 넘어가는 고갯마루일 뿐이라구.

"아이고, 더워서 쪄 죽겠네. 이 화상은 언제 에어컨 바꿔 주려나……."

엄마의 투덜거리는 소리가 문틈으로 들려왔다.

※이 작품은 『울고 있니, 너?』(우리학교)에 실린 작품입니다.

우리 형 박모래알

모래알

비행기로 하루를 날아가야
닿을 수 있는 곳
그 메마른 사막에 갈비뼈를 묻고

움직일 때마다 사막 한가운데
서걱거리는 모래알들이
물결치듯 떠다니는 영혼의 숲

그곳에 어떤 나무 자랐나
이름 모를 풀 한 포기라도 자랐나
돌아보고
또 돌아다봐도
바람에 이리저리 뒹구는
너

떠다니는 소문으로도 날아가 버리는
손끝으로도 쥘 수 없는 너
어디를 떠돌다
내 뼈 속으로 들어왔나

해 지면
나는 사막이 되어
이 도시 불빛 속에 묻히는데
너는 어디를 떠돌다
내 영혼의 숲으로 걸어들어 왔나
모래알

　「모래알」이라는 시다. 미술 선생님께서 이 시를 읽어 오라고
했다. 내일 모래알이라는 주제로 그림 시험을 본다. 제목을

보고 깜짝 놀랐다. 모래알은 우리 형 이름이니까. 그것도 한참
전에 사라진…….

우리는 오늘도 모래알을 찾으러 대학로에 왔다.

'어쩌면 저 무료 배급 줄 뒤에 서 있을지도 몰라. 박모래
알……. 광장 후미진 곳에서 손을 벌리고 누워 있을지도 모르
지. 아니야, 아니야. 박모래알은 그런 곳에 없을 거야. 열여덟
살이 되었으니 할아버지들이나 서 있는 저 지렁이 같은 줄에
는 없을 거야. 열여덟 살은 저 줄하고 뭔가 어울리지 않잖아.
손을 벌리고 누워서 구걸하기에는 너무 팔팔한 나이잖아. 병
에 걸렸을 리도 없고 말이지.'

"이런 곳에서도 무료 배급을 하나 보네."

엄마가 창밖을 보며 힘없는 목소리로 말했다. 형의 오래된
사진이 엄마 손에 들려 있다. 우리 차가 서 있는 차도 옆길에서
무료 배급이 막 시작되었다. 큰 양은 들통이 뜨거운 불 위에서
지글지글 끓고 있었다. 어디서 바람이 불어왔는지 불꽃들이
춤을 추었다. 바람이 불어도 덥고 끈적끈적한 바람일 것이다.
차 안은 시원했다. 에어컨이 빵빵하게 돌아가고 있으니까.

우리는 한 가닥 희망을 가지고 대학로에 왔다. 집 나간 형을
찾을 수 있을까 하는 희망. 형이 남기고 간 11년 전의 그림자
가 아직까지 남아 있기나 하는 건지 모르겠지만, 그럴 것이라
고 믿으며 더운 날 하루 종일 이런 곳을 쏘다니는 건 미친 짓

이다. 시원한 차 안에 있으니 이제 좀 살 것 같다.

아빠는 음료수가 든 까만색 비닐 봉투를 들고 차 문을 열었다. 잠깐 가게에 갔다 왔는데도 아빠는 땀을 흘리고 있었다.

"여보, 이제 가지."

아빠가 시원한 음료수를 내밀며 엄마에게 말했다. 엄마는 온종일 대학로 근처를 다니느라 목도 마르고 힘들 텐데, 아빠가 건네는 음료수는 거들떠보지도 않고 창밖만 내다보고 있었다.

"잠깐만 더 있다 가요."

엄마의 힘없는 목소리.

나는 비닐 봉투에서 이온 음료를 꺼내 벌컥벌컥 들이켰다. 시원했다. 이번에는 목을 타고 넘어가는 시원함을 느끼려고 꿀꺽, 목구멍 안으로 음료수를 한 모금씩 천천히 밀어 넣었다. 그리고 창밖으로 사람들을 보았다. 밥을 배급 받으려고 줄 서 있는 할아버지들과 아저씨들의 이마에는 땀이 송골송골 맺혀 있었다. 차가운 유리잔에 붙어 있다가 밑으로 흐르는 물방울들처럼……. 볼은 더위 때문인지 빨갛게 익었다.

'배급을 받으려고 뛰어왔을까?'

5시 25분.

이른 저녁밥이다. 일곱 살에 집을 나간 우리 형, 박모래알은 지금 열여덟 살이다. 형이 집을 나간 그때 나는 아무것도 모르는

다섯 살이었다. 형은 나하고는 비교가 되지 않을 정도로 똑똑했다고 한다. 순전히 엄마 아빠 말이다. 하지만 그런 것 같지는 않다. 일곱 살에 집을 나간 형이 아직 집에 돌아오지 않은 걸 보면.

일곱 살 그날 집을 나갔으면, 일곱 살 그날 다시 집으로 돌아왔어야 맞다.

똑똑한 형이라면 말이다. 그런데 11년이 지난 지금까지도 돌아오지 않는 걸 보면 확실히 나보다는 더 멍청하다.

멍청이, 바보, 쪼다, 머저리…….

내 욕이 들리거든 얼른 내 눈앞에 나타나 보시든가.

하지만 형은 돌아오지 않는다. 우리 형 박모래알.

형 이름을 지은 사람은 엄마다. 엄마가 하얀 모래알이 펼쳐진 바닷가에 갔다가 지은 이름이란다. 엄청 부드러운 모래알이 손과 발을 뒤덮고 있었단다. 그 뒤에 형이 생긴 거란다. 모래알이 덮친 게 아니라 아빠가 덮쳤겠지. 모래가 덮쳤든 아빠가 덮쳤든 어찌 되었든 모래알이라고 이름을 지었단다. 하지만 형의 타고난 운명이 이름에 벌써부터 드리워져 있던 거다.

모래알이라니. 쩝.

엄마는 자기 때문에 형이 모래알처럼 손바닥에서 스르르 사라졌다고 믿는다. 그래서 그 잘못을 뉘우치려고 매일 108배를 한다. 하지만 땅바닥에 이마를 108번 찧으면서 엄마가 아무리 잘못을 뉘우쳐도 형은 들은 척 만 척이다.

박모래알. 이름이 너무 길다. 그래서 유치원에서도 박모래알, 모래알, 하고 부르다가 박모래라고 불렀다고 한다. 내일모레도 아니고 박모래라니.

엄마는 형이 사라진 그날 손톱을 깎아 주고 앞머리를 잘라 주었다고 했다. 미용실에 가면 돈이 드니까 엄마는 내 앞머리도 가끔 잘라 주곤 했었다. 물론 초등 1, 2학년 때까지 말이다. 엄마가 쌩뚱 맞게 자른 머리 때문에 나는 일주일 정도 고개를 푹 숙이고 학교에 갔었다. 학교에서 집으로 돌아올 때도 고개를 푹 숙이고 왔다.

집 문을 열면 그때서야 보란 듯이 고개를 빳빳이 들고 엄마에게 무언의 항의를 했다.

'이렇게 잘생긴 아들 머리를 이 지경으로 만들다니……'

엄마가 내 이상한 머리 스타일을 보며 후회하고 괴로워했으면 하는 바람으로.

어쩌면 형은 엄마가 잘라 준 앞머리를 도저히 감당할 수 없어서 집을 나갔는지도 모른다.

"여보, 이제 그만 가지."

아빠다.

"조금만 더요."

엄마다.

"형은 여기 없어. 몇 년이 지났는데."

나다.

"아니야. 네 형은 꼭 이리로 올 거야."

다시 엄마다.

엄마가 창문을 내렸다. 뜨거운 바람이 차 안으로 확 몰려들어 왔다.

"이젠 지겨워. 해마다 대학로에 와서 형을 기다리는 게."

"너는 어쩜 그런 말을 하니? 네 형이야. 네 형."

엄마는 무료 배급 줄을 살피던 눈길을 거두고 나를 째려보며 말한다.

"무슨 형이야? 돌아오지도 않는."

퍽!

엄마가 내 머리를 때렸다. 엄마가 나를 때리느라 형의 사진이 바닥으로 떨어졌다. 엄마는 사진을 얼른 주워서 톡톡 털더니 형을 들여다보았다. 일곱 살짜리 우리 형. 내가 조금 심하게 말을 한 것 같기도 하고, 뭔가 억울한 것 같기도 하다.

형이 없어진 이날, 해마다 이 장소에 와서 형을 찾아 두리번거려야 하다니. 이제는 지겹다. 엄마는 아직도 형이 없어진 탓을 자신에게 돌리고 있는 게 분명하다.

매일매일 108배를 하는 것도 모자라서 요새는 500배를 한다. 108배를 할 때는 15분에서 길게는 20분이 걸렸다. 엄마는 이제 매일 2시간 동안 방바닥에 머리를 찧는다. 아직 엄마에게 형은 절실한 그 무엇이다.

"이제는 8월 13일도 지겹고, 대학로도 지겨워."

내 목소리는 작았다. 창문에 바짝 붙어 앉아 있어서 그랬는지 작은 목소리였지만 창문을 무겁게 두드렸다. 엄마에 대한 원망이 가득한 소리들이 창문에 부딪쳐서 한 글자씩 흩어졌다.

이. 제. 는. 그. 만. 오. 고. 싶. 어. 대. 학. 로.

내가 대학에 들어가게 되어도 이 대학로 근처에는 얼씬도 안 할 거다. 여기에 오면 이상한 죄책감이 든다. 그럴수록 나는 더 삐딱하게 나간다. 내 잘못이 아니라는 걸 알리기라도 하듯이.

엄마와 아빠는 내가 다섯 살 때부터 눈에 보이지 않는 형한테 모든 걸 걸었다. 그래서 눈앞에 있는 나는 보지도 않았다. 엄마 눈은 나를 보고 있을 때에도 아주 먼 곳을 응시하고 있다. 이제는 얼굴도 모를 형의 그림자를 엄마는 내 얼굴에서 찾고 있는 듯하다.

나는 나다. 형이 아니다. 박모래알이 아니란 말이다.

엄마 아빠는 없어진 형을 찾기 위한 거라면 뭐든 다 했고, 모든 걸 다 건 엄마 아빠 때문에 나는 외할머니 손에서 길러져야 했다.

그래서 내 첫 기억은 우울하다. 아마 대여섯 살쯤이었겠지. 엄마는 방 안에서 울부짖으며 무언가를 던지고 있었다. 아빠는 그 옆에서 아무 말 없이 담배를 뻑뻑 피워 대고 있었다. 그게 내가 기억하는 첫 번째 기억이다. 내 머릿속은 황량하기 그지없다.

나는 그때 무엇을 했던가. 외할머니의 무릎에 앉아 울고 있었던 것 같다. 그나마 할머니의 무릎이 있었으니 얼마나 다행스런 일인지 모르겠다. 나를 위로해 줄 무릎이라는 것이 있었으니. 지금도 나는 할머니의 무릎을 베고 누워 있으면 오만 가지 잡생각이 나지 않아 좋다. 할머니의 퇴행성관절염이 빨리 낫기를 바랄 뿐이다. 나의 황량한 기억의 출발점이 차가운 방바닥에 나 혼자 내팽개쳐져 있었다면 나는 지금보다 훨씬 더 삐딱해져 있었을 거다.

우리 가족은 여행이라는 걸 해 본 적이 없다. 엄마 아빠는 잠시라도 집을 벗어나서는 안 된다고 했다. 우리가 집을 비우고 있는 사이에 형이 올 수 있다고. 우리가 나가 있어도 올 사람은 오고 안 올 사람은 안 온다. 우리가 집에 없다고 올 사람이 안 오겠는가. 11년 전에 사라진 형 때문에 잠시 잠깐 여행을 가는 것도 안 된다고 생각하는 부모님을 이해할 수 없다.

당연히 우리는 이사를 한 적도 없다. 나는 이 집에서 자랐고, 이 집에서 사춘기를 맞았고, 지금은 이 집에서 벗어나길 꿈꾸고 있다.

우리 가족은 여름 휴가를 가는 대신 줄곧 대학로 근처를 어슬렁댔고, 겨울에도 대학로 근처에서 코를 킁킁대며 돌아다녔다. 형의 냄새를 맡기 위해 어디든 쑤시고 다녔다. 하지만 그럴 때마다 나는 더 속이 상했다. 없는 형을 애타게 찾는 것의 100분의 1만이라도 나에게 관심을 가져 주었으면.

형이 없어진 장소가 대학로라고 해서 11년이 지난 지금까지도 이곳에서 형을 만날 수 있다고 생각을 하는 건지……. 도대체 엄마 아빠를 이해할 수 없다.

엄마와 아빠는 형을 모조리 기억하고 있다.

형이 얼마나 똑똑했는지, 제일 먼저 한 말이 무엇인지, 연필을 몇 살에 잡았는지, 무슨 그림책을 좋아했는지, 무슨 노래를 잘 불렀는지, 어떤 음식을 좋아하고 싫어했는지, 어떤 것을 무서워했는지…….

그 많은 것을 다 기억하고 있기 때문이다, 형을 낳고 형을 키운 부모이기 때문이다, 그래서 그걸 잊기가 어려운 거다. 그러니 형이 살아 돌아오리란 희망을 버리지 못하는 거다. 하지만 희망이 절망으로 변하기 전에 희망의 싹은 싹둑, 잘라 버려야 하는 거다. 그게 더 똑똑한 일이다.

매번 올 때마다 우리는 절망만 잔뜩 짊어지고 무거운 발걸음을 했다. 이제는 그러기 싫다. 난 형의 형이 아니라 형의 동생이니까, 형의 얼굴도 잘 기억나지 않는 동생이니까, 내가 아는 건 사진 속의 얼굴이 다니까.

"여보, 우리 저녁이라도 먹고 갈까?"

착 가라앉은 아빠의 목소리.

"그냥 들어가요."

더 착 가라앉은 엄마의 목소리.

"먹고 가지."

볼이 잔뜩 부은 내 목소리.

"싫어. 집에 가고 싶어. 머리 아파."

엄마는 집에 들어가서 이불 위에 누울 것이다. 안방에 깔아 놓은 이부자리. 형이 좋아했다던 꽃무늬 이불이 아직까지 그대로 깔려 있다. 꽃무늬 이불은 끝이 해져서 나달거린다. 엄마는 이불이 해질 때마다 이불을 꿰매어 덮었다. 아주 궁상맞기가 이를 데 없다.

엄마는 거기 시든 꽃밭에 누워 벽 쪽으로 얼굴을 돌린 채 한참 동안 땅이 꺼져라 한숨을 폭폭 내쉴 거다. 아무것도 하지 않은 채로. 아무것도 안 하는 걸 못 견딜 때쯤 벌떡 일어나 500배를 시작할 거다. 천천히.

"저기 부대찌개집 있어. 저기서 먹고 가."

식당 간판이 눈에 들어왔다. 내가 제일 좋아하는 부대찌개. 집에 있는 구아나가 걱정되기는 했지만 부대찌개라면 좀 늦게 들어가도 좋았다. 구아나는 할머니가 잘 돌보고 있을 거다.

"그래 여보, 먹고 가자. 집에 가면 밥도 없잖아."

아빠도 엄마를 설득 중.

"엄마, 제발 하나밖에 없는 아들 소원이야."

"싫다니까!"

엄마는 신경질적으로 소리쳤다.

나도 화가 나서 창 쪽으로 돌아앉아 버렸다.

"저쪽으로 좀 더 돌아봐요."

엄마는 마로니에 공원 뒤쪽을 가리켰다. 거기는 아까 우리가 갔던 곳이다. 걸어서 말이다. 엄마는 골목골목을 살피고 또 살폈다. 어린이들이 좋아하는 연극이 공연되는 소극장 앞에서 한참 동안 앉아 있었다. 형이 사라졌던 곳.

나는 이어폰을 귀에 꽂았다. 힙합이 내 귀를 울렸다. 심장을 쿵쾅거리며 울리는 리듬이 나를 위로해 준다. 툭탁 툭탁, 리듬이 살아서 춤을 춘다. 툭툭 던지는 랩도 음도 가사도 나를 매혹시킨다.

헤어지지 못하는 여자 떠나가지 못하는 남자
사랑하지 않는 우리 그래서 No No No No No~~

오래된 노래지만 이런 날에 듣기 좋은 노래다. 볼륨을 더 올렸다. 눈을 감고 고개를 끄덕거리고 있는데 누군가 내 팔을 툭

쳤다. 나는 눈을 떴다. 엄마였다.

"시끄러워! 줄여!"

이어폰으로 듣고 있는데 시끄럽다니, 엄마 귀는 어떤 귀란 말인가. 마음대로 음악도 들을 수 없다니. 이게 다 모래알 때문이다. 나는 인상을 구기고 볼륨을 줄였다. 처음부터 다시 듣는다.

헤어지지 못하는 여자 떠나가지 못하는 남자
사랑하지 않는 우리 그래서 No No No No No~~

형은 마술을 엄청 좋아했다고 한다. 그날도 대학로에서 하는 마술 공연을 보러 갔다고 한다.

"얼마나 좋아했는지. 마술사가 나오자마자 팔짝팔짝 뛰었어."

엄마는 혼자 중얼거렸다. 무대에 마술사가 등장하자 형은 좋아서 팔짝팔짝 뛰었다고 한다. 나는 엄마 무릎 위에서 내려가려고 팔짝팔짝 뛰었고.

무대 위에서 종이 가루가 눈처럼 날렸다. 마술사가 형의 귀 뒤에서 동전 하나를 찾아 꺼냈다. 그리고 형에게 선물했을 때 형은 신기해서 어쩔 줄을 몰라 했다. 마술사의 손을 앞뒤로 더듬어 보고 마술사의 얼굴을 마구 만졌다. 혹시 숨겨 둔 동전들이 있나 살펴보기 위해서.

"동전이 나오지 않으니까 얼마나 눈을 동그랗게 뜨던지……."

형은 눈을 더 동그랗게 뜨고 마술 공연을 보았다.

"공연이 끝나자마자 아이들이 무대 위로 몰려 나갔어. 나눠 주는 풍선을 받으려고."

손목을 붙잡을 사이도 없이 형이 무대로 달려 나갔다. 때마침 내가 앙앙 울기 시작했고, 엄마는 나를 달래느라 형을 눈에서 놓쳤다. 아빠는 형의 손목을 놓쳤고.

아빠가 달려 나갔다. 사람들이 좁은 통로를 꽉 메우고 있어서 아빠는 나갈 수가 없었다. 이리저리 떠밀렸다. 무대는 순식간에 사람들과 풍선들로 꽉 찼다. 풍선들이 입구로 사라질 때쯤 엄마와 아빠 그리고 나는 무대 위로 갈 수 있었다.

그런데 없어진 거다. 형이.

빨갛고 노란 풍선들이 우르르 입구로 나갈 때 형도 함께 떠밀려 나간 것인지 형은 그 자리에 없었다. 우리들은 서둘러 극장 입구로 나갔다. 입구까지 가는 복도는 풍선을 손에 든 사람들로 가득했다. 극장 앞도 마찬가지였다. 주황색, 초록색, 빨간색, 노란색 풍선들이 둥둥 떠 있어서 아이들이 더 보이지 않았다.

그. 렇. 게.

형.이.

사라진.

거다.

여기까지 아빠 엄마에게 들은 스토리는 줄줄 외울 지경이다. 그런데 나는 어릴 때, 무심코 들은 이야기를 더 잘 기억하고 있다.

"그때 네가 울어 대지만 않았어도 느이 엄마랑 아빠가 형을 놓치지 않았을 거야."

할머니는 노망이 든 게 분명하다. 어떻게 손자한테 저런 말을 할 수 있을까. 형이 없어진 게 내 잘못인가 말이다. 엄마도 그래서 나를 미워하는 거다. 지금도 엄마의 따뜻한 냄새가 아니라 쿰쿰한 할머니 냄새를 기억하는 건 그래서 그런 거다.

소풍 때 김밥과 간식이 들어 있는 가방 대신, 손목과 목에 미아 방지용 팔찌와 목걸이. 그리고 신신당부하는 엄마의 목소리들이 내 기억의 대부분을 차지한다. 따뜻한 김밥 대신 차가운 은팔찌와 은 목걸이에 대한 기억뿐이라니.

형에게도 채워 주었더라면 그렇게 허무하게 잃어버리지 않았을 거라는 아쉬움을 나에게 쏟아부었다. 나 때문에 형이 없어졌다는 미움의 차가운 눈길도 함께 쏟아부었다.

아빠는 아무 말 없이 집 쪽으로 운전을 하고 있다. 창밖은 어두워지고 있었다. 붉은 노을 위로 옅은 붉은색이, 그 위로 누런빛이 섞인 붉은색이 층을 이루어 하늘을 조용히 물들이고 있었다. 항상 이렇게 해가 대지 속으로 사라질 때쯤 우리는 집으로 돌아간다. 기진맥진한 상태로.

"그리고 하나밖에 없는 아들이라니. 형이 있는데."

아차, 내가 실수를 하고 말았다. 오늘은 형이 없어진 날이라 엄마는 더 예민하다. 나는 또 이상한 죄책감에 기분이 묘하게 나빠졌다.

내가 한 말실수 때문인지, 엄마의 머리가 아파서인지, 우리는 아무 말 없이 집으로 돌아왔다.

푹푹 찌는 건 집도 마찬가지였다. 할머니가 청소를 하고 가셨나 보다. 창문이 다 열려 있고 집은 말끔히 치워져 있었다.

'앗, 내 구아나.'

청소할 때 창문을 열어 두지 말라고 몇 번을 말했는데.

'할머니는 도대체 몇 시에 나가신 거지?'

나는 얼른 구아나를 찾기 시작했다. 구아나는 내가 기르는 이구아나다. 이 말썽꾸러기 같은 녀석. 얼마 전에 뚜껑이 깨져서 종이로 막아 두었는데 어느 틈에 구아나는 집을 잘도 빠져나와 돌아다녔다.

하루는 방충망이 열려 있었는데 창문 밖으로 나가려던 녀석을 붙잡았다. 간이 콩알만 해졌었다.

며칠 있다가 새로운 집을 구해 주려고 했다. 그런데 구아나가 없다.

나는 소파를 앞으로 빼내 소파 뒤를 보았다. 없다. 소파 밑에 먼지만 잔뜩 있었다. 책장 뒤에도 없다. 텔레비전 뒤에도 없다. 앞 베란다에 있는 큰 화분 뒤에도 없다. 뒤 베란다에 있는 재활용 쓰레기통 속에도 없다. 세탁기 뒤에도 없다. 과자 상자 뒤에도 없다. 안에도 없다.

'도대체 어디로 간 걸까?'

나는 할머니께 전화를 했다. 혹시 다른 곳에 두었을까 싶어서. 할머니는 핸드폰을 끄고 절 안으로 들어가셨는지 전화를 받지 않았다.

나는 미칠 것 같았다. 구아나는 내가 6학년 때 생일 선물로 산 거다. 엄마는 이구아나를 기르는 것에 반대했다. 적극 반대, 결사반대. 징그럽다고 했다.

몇날 며칠 엄마 뒤꽁무니를 쫓아다녔다. 공부를 열심히 해서 성적을 올리겠다고, 전교생 독서골든벨에 나가서 꼭 상을 받겠다고 했다. 엄마는 내 꼬임에 넘어가서 이구아나를 사 주었다.

그 후 나는 공부를 열심히 했지만 성적은 오르지 못했고, 반대항 독서골든벨은 나갔으나 전교생 독서골든벨은 나가지 못했다. 하지만 이미 이구아나는 내 손 안에 있으니 다행이었다. 거의 3년을 기른 구아나는 내 말을 잘 알아들었다. 내가 자기 주인이라는 것도 알았다. 할머니가 주는 먹이는 안 먹어도 내가 주는 먹이는 잘 먹었으니까.

'구아나야, 제발 집 안에만 있어라.'

나는 열려진 방충망을 닫고 집 안을 샅샅이 살폈다. 욕실 안, 책가방 안, 신발장 안까지.

"왜 그래? 왜 그리 정신이 없어?"

아빠가 나를 보더니 이상한 얼굴로 물었다. 엄마는 안방으로 들어가신 지 한참 지났다.

"구아나가 없어."

"잘 찾아봐. 어디 있겠지."

아빠는 시큰둥하게 대답했다.

"내가 진작에 새집 사 달라고 했잖아. 왜 안 사 줬어?"

"대학로 갔다 와서 사자고 했잖아. 너도 그러자고 했고."

"할머니는 왜 방충망까지 다 열어 놓고 청소를 하냐고!"

나는 할머니한테 화가 나서 전화기를 또 들었다. 신호가 갔다. 이번에는 할머니가 받았다.

"방충망을 왜 열어 놨어?"

나는 다짜고짜 소리를 질렀다.

"아이고, 귀청이야. 뭐가 어쨌다고 이리 난리야?"

할머니는 잠이 덜 깬 듯한 목소리였다.

"할머니한테 무슨 말버릇이야?"

아빠가 얼굴을 일그러뜨렸다.

"할머니 때문이라고! 내 구아나가 안 보인다고!"

"그래, 집에 가서 얘기해."

할머니는 내 말을 듣고 전화를 끊었다.

'이제 어쩌지?'

구아나가 밖으로 나갔다면 큰일이다. 우리 집은 아파트 1층이라 작은 마당이 베란다 앞에 있지만 사람들이 왔다 갔다 하는 곳이다. 그러니 아이들이 발견해서 가져갔을 수도 있다. 아니면 아이들이 구아나가 무서워서 돌을 던졌을 수도 있다. 구아나가 그 돌에 맞아 죽을 수도 있다. 아니면 멀리 도망갔을 수도 있다.

"제발 살아만 있다면……."

안방을 지나치는데 엄마의 한숨 섞인 목소리가 들렸다.

"제발 나쁜 사람을 안 만났으면……. 모래야, 모래야. 흑흑."

결국 엄마가 운다. 뜨거운 여름날 엄마가 형 때문에 운다.

'어쩌면 저 나무 뒤에 있을지도 몰라. 구아나…….'

놀이터 후미진 곳에서 손을 오므리고 발발 떨고 있을지도 모르지. 아니야, 아니야. 구아나는 그런 곳에 없을 거야. 사람들이 많은 곳은 싫어하니까.

병에 걸리지도 않았으니까 어디에 살아 있기만 하면 좋을 텐데. 굶어 죽지 않고 살아만 있다면 언젠가 만날 수도 있을 것 같은데. 혹시 집을 찾아올 수도 있을 것 같은데.

나는 책상 앞에 붙여 둔 구아나의 사진을 들여다보았다. 그동안 있었던 일들이 머릿속을 스쳐 지나갔다.

처음 이구아나가 우리 집에 온 날, 엄마가 꺅 소리를 지르고 안방으로 도망쳤던 일, 처음에 환경이 바뀌어서 먹이를 먹지 않아 애태운 일, 껍질이 하얗게 일어나서 동물 병원에 데려갔던 일, 내 이야기를 가만히 들어 주던 일…….

똑똑하지 않은 구아나는 오늘 집을 나갔고 오늘 들어오지 못할 것 같다.

똑똑한 우리 형도 그날 나갔다가 그날 돌아오지 않았는데 어떻게 구아나가 돌아올 수 있을까.

'제발 살아 있다면 좋을 텐데.'

'제발 나쁜 사람들 눈에 띄지 말아야 할 텐데.'

'차도로 가면 안 될 텐데.'

사진 속에서 구아나가 웃고 있었다. 나의 구아나가.

문

콩!

뒤에서 문이 닫혔다.

떨리는 손을 감추려고 두 손을 맞잡았다. 나도 모르게 고개가 푹 꺾였다.

"다 벗어!"

여자의 목소리는 차가운 콘크리트 바닥으로 낮게 깔렸다.

"네?"

"벗으라고."

위협적인 말투였다. 가슴이 답답하고 눈물이 차올랐다.

여기서 나갈 수 있을까? 손발이 덜덜 떨렸다. 아, 이렇게 될 줄은 몰랐다. 바람 소리가 창밖에서 위잉, 차갑게 들려왔다. 정신을 차려야 한다.

"뭘 그렇게 꾸물거려. 빨리 안 해?"

이건 좀 심하지 않은가. 갑자기 가슴 밑바닥에서 울컥, 뭔가가 올라오는 것 같았다.

"그래, 팬티까지 신발까지 실오라기도 걸치지 말고!"

여자의 목소리가 날카롭게 날아와 귀에 박혔다.

"……."

진짜요? 나는 여자에게 하려던 말을 꾹 참았다. 여기 주인은 저 여자인 것 같으니까. 나는 고개를 푹 숙이고 보라색 스웨터를 벗었다. 하얀 러닝이 나왔다.

"이런 데 처음 들어와 봐? 굼벵이처럼 느려서……."

팔뚝에 소름이 확 돋았다. 초겨울로 들어서는 날씨라 난방이 아주 약하게 들어오고 있었다.

'바지를 먼저 벗을까? 아니면 러닝을?'

오래 생각할 시간은 없었다. 여자가 계속 노려보고 있으니까. 청바지를 먼저 벗었다. 방에 깔려 있던 차가운 공기들이 우우, 나에게 몰려들었다. 나는 눈을 내리깔았다. 무릎에 끼인 허연 살비듬이 보였다. 창피했다. 벗은 청바지로 얼른 무릎을 가렸다. 하지만 그런 자세로 오래 있을 수는 없었다.

청바지를 길게 반으로 접었다. 다리 하나가 잘린 외다리가 되었다. 또 반을 접었다. 다리가 무릎에서 뭉턱 잘렸다. 다시 반으로 접었다. 이제 이건 청바지가 아니었다. 직사각형의 천 조각일뿐.

보라색 스웨터를 접을 차례다. 팬티와 러닝을 벗기 싫어 더 천천히 접었다.

"저녁밥 안 먹을 거야? 빨리 안 해!"

실핏줄이 선 여자의 충혈된 눈이 섬뜩했다. 여자는 말을 하지 않으면 남자인 줄 착각할 정도로 키가 컸고 몸집도 좋았다.

"네."

나는 주눅이 들어 기어들어 가는 목소리로 대답했다. 팔을 자르고 배를 자르며 스웨터를 접었다. 그리고 러닝을, 브래지어를, 팬티를 벗었다.

"팔 앞으로 나란히, 앉았다 일어섰다 복창하면서 열 번!"

여자는 무궁화 모양이 달린 감청색 모자를 고쳐 썼다. 여자는 살에 박힐 듯 강한 군대식 말투였다. 여기서 사정을 해 봐야 소용없을 것 같았다.

열 번이라는 신경질적인 소리가 착 와서 달라붙었다.

"하나, 둘……."

나는 엉거주춤 이상한 자세로 앉았다 일어섰다를 반복했다. 숫자들을 간신히 입 밖으로 흘리면서…….

'나도 네모나게 접혀 저 청바지 밑으로 기어 들어가고 싶다.

작고, 작고 작아져서 아무도 볼 수 없게⋯⋯.'

　밖에서는 아무도 나를 봐 주지 않았다. 내가 뭘 하든 1도 관심이 없었다. 선생님도 친구들도 마찬가지였다. 경찰서에 붙잡혀 들어가니 과거에 내가 지나쳐 온 모든 일들이 관심의 대상이 되었다.

　언제 어디서 누구랑 어떻게 만났는지, 몇 시였는지, 무슨 생각으로 그렇게 했는지. 나보다 나를 더 잘 알고 있다는 듯이 나를 조각조각 해체했다. 관심과 집중이 나를 녹여 버리는 것만 같았다.

　나는 엄마의 자궁 바깥, 이 세상에 처음 등장했을 때처럼 알몸인데 여자는 푸른색 셔츠에 감청색 넥타이를 맨 완벽한 모습이다. 심한 모멸감이 느껴졌다. 나는 눈을 내리깔고 저 여자가 나를 쳐다보지 않았으면 하고 바랄 뿐이다.

　여자는 살짝 비켜서 있었다. 나에게 무관심해 보였지만 오히려 나에게 온 신경을 쏟고 있는 것 같았다. 앉았다 일어섰다를 하며, 열까지 세고 나는 가만히 서 있었다.

　여자의 다음 명령을 기다리면서.

　한 마리 개같이⋯⋯. 명령을 기다리며 복종하는⋯⋯.

　하지만 언제 꽉 깨물고 도망갈 수 있을까, 생각하고 있는 주인 잃은 개같이.

다 부질없는 생각이었다. 구치소에 입소하기 위해 절차를 밟고 있는 중에 탈옥했다는 얘기는 들어 본 적이 없다.

'내가 어쩌다 여기까지 왔을까? 진짜 여기서 썩어야 하는 건가. 학교는?'

학교? 그건 뭐 다녀도 그만 안 다녀도 그만, 하지만 두렵다. 온몸이 두려움으로 오그라드는 것만 같다. 이 안에 갇혀 세상과 떨어져 지내야 하는 막막함에 가슴이 조여들었다. 걱정되는 건 여진이었다.

'사장 새끼 때문이야.'

생선 가시를 삼킨 것처럼 가슴속이 따끔따끔했다.

"똥구멍에다가 이상한 걸 숨겨 오는 년들이 있어. 이거."

여자는 나에게 푸른색 수인복을 건넸다.

"입어."

검푸른 어둠이 여자가 앉아 있는 책상 위로 스며들었다. 여자의 머리 위쪽으로는 작은 창이 나 있다. 창 위에는 초록색 커튼이 먼지를 뒤집어쓰고 있었다.

커튼과 커튼 사이로 태양이 목을 매고 산 뒤로 넘어가는 게 간신히 보였다. 창문 옆에 걸린 까만색 벽시계가 유난히 도드라져 보였다. 시계는 5시 30분을 가리키고 있었다.

벌써 저녁이 되어 가고 있었다. 나는 책상 위에 놓여 있는 비닐을 내려다보았다. 비닐 옆에 뭔가가 꿈틀거리고 있었다.

"으악!"

"뭐야?"

여자가 인상을 구겼다.

"벌⋯⋯레가⋯⋯."

벌레라면 개미도 싫다. 그런데 이건 개미보다 백배는 더 큰 것 같았다. 다시 살펴보니 벌레는 어느새 어디론가 사라져 보이지 않았다.

"벌레? 앞으로 네 친구가 될 텐데 뭘 놀래. 거기다 옷이랑 소지품 넣어. 영치품, 나갈 때 가지고 가는 거. 다시 나갈 수 있을지는 모르겠지만."

여자는 한쪽 입꼬리를 올리며 웃었다. 나는 여자의 눈치를 보며 나에게서 떨어져 나온 것들을 비닐 안에 차곡차곡 넣었다. 보라색 스웨터, 빛이 바랜 청바지, 작은 백팩, 그리고 백팩 안에 들어 있던 소지품들을 보고 있으니 영영 이곳에서 나가지 못할 것 같은 생각이 들었다. 목구멍 안에서 뭔가가 치밀어 올라와 숨이 턱 막혔다. 크게 심호흡을 했다. 그래도 마찬가지였다.

편의점 사장과 주고받은 문자가 결정적인 단서가 되었단다. 난 정말 아무것도 몰랐다. 하지만 조사에서 그런 건 통하지 않았다.

'억울해.'

"잘 확인해. 소지품들 목록 살펴보고 여기다 사인하면 끝."

여자는 누런 종이 파일을 내보이며 의자에 앉았다. 철제 책상은 벽에 착 붙어 있었다. 나에게 등을 보이고 있는 여자의 뒷모습은 크고 단단해 보였다. 모자 밑으로 검은색 고무줄로 묶은 머리카락이 뾰족하게 튀어나와 있었다.

나는 비닐 안에 있는 내 물건들을 내려다보았다. 목이 메이기 시작했다.

'다시 이 옷을 입고 저 문밖을 나갈 수 있을까?'

핸드폰,

여기는 너무 춥다.

수첩,

친구들이 보고 싶다.

지갑,

나는 어디로 가게 되는 걸까?

낙서장,

이렇게까지 될 줄은 몰랐어.

지폐,

내가 하고 싶어서 한 건 아니야.

동전들,

그놈이 시킨 거지.

작은 백팩,

사실 그놈이 말한 돈이 필요했었어.

마지막 톡,

여진이는 울고 있을 거야.

쨍그랑!

500원짜리 동전이 바닥으로 떨어졌다. 나는 흠칫 놀라 여자를 보았다. 서류철을 보고 있던 여자는 고개를 돌려 얼굴을 구겼다. 고개를 흔들며 혀를 끌끌 찼다.

"하여튼."

나는 잔뜩 얼어붙은 얼굴로 동전을 주워 지갑에 넣었다. 지구 끝에 대롱대롱 매달린 채 긴 시간이 흐르는 것만 같았다.

'여기서 나갈 수 있을까?'

검정색 백팩,

결정적인 증거가 내 가방에서 나왔다.

나는 경찰서에서 모른다고 잡아뗐지만 사실, 완전히 모르지는 않았다. 가방 하나 운반하는데 그렇게나 많은 돈을 나 같은 고삐리한테 줄 리가 없었으니까. 폭탄을 운반하는 것도 아닌데 편의점 사장은 조심하라고 거듭 말했었다.

남대문 시장 근처 어떤 건물 지하 창고 문 앞에서 사람이 올 때까지 기다리기만 하라고 했었다. 그 사람이 주는 것만 받아 오라고.

나는 질겅질겅 껌을 씹으면서 약속 시간까지 깜깜한 그곳에 서 있었다. 심장이 떨렸지만 조금만 참으면 여진이에게 신상 핸드폰도 사 줄 수 있고 내가 사고 싶은 걸 살 수 있으니까 꾹 참았다. 더 중요한 건, 졸업하면 보육원에서 나와야 한다. 보호 종료가 얼마 남지 않았기 때문이다. 나랑 여진이랑 살 방을 구 하고 자립하는 데 돈이 필요했다.

500원짜리 동전을 지갑에 넣고 나는 비닐 안에 갇혀 있는 것들을 보았다. 나에게서 떨어져 나간 것들을 하나하나 본다. 그중에 낙서장을 가만 쓰다듬었다.

내 곁에 아무도 없을 때, 기대어 울 사람이 없어 눈물을 찔끔 거리고 있을 때 나에게 위안을 주었던 낙서장.

사각사각, 여자는 뭔가를 열심히 적고 있다. 떡 벌어진 등이 조금씩 흔들린다.

나는 문 옆에 있는 의자를 들어 여자의 머리를 내리친다. 여 자는 쓰러진다. 피를 흘릴까? 그러면 너무 끔찍할 것 같고 살 짝 정신을 잃는다. 그사이 나는 여자의 옷을 벗기고, 그 옷을 입는다. 여자는 나보다 키가 크다. 신발이 내 발보다 1인치 정 도 크다. 하지만 큰 문제가 될 것은 없다. 엄지발가락에 힘을 주고 걸어가면 벗겨지지는 않을 테니까.

사무실 문을 열고 나가면 아까 들어왔던 구치소의 정문이

나올 것이다. 나는 터벅터벅 걸어간다. 오늘은 참 쓸쓸한 날씨
였어요, 라고 말하며 바깥으로 나간다. 그렇게 하면 끝이다. 얼
른 지나가는 택시를 잡아타고 행선지를 말한다.

'행선지라…… 딱히 갈 곳이 없구나. 늘푸른 보육원밖에.'

여진이가 걱정이다. 경찰서에서 마지막 톡을 보냈었다.

여진아, 뭐 해?

> 게임하고 있어. 나 바빠.

음, 여진아. 언니가 할 말이 있어.

> 언니 알바 하는 시간이잖아.
> 안 바빠?

응, 지금은 손님이 없어.
언니랑 얘기 좀 하자.

> 말해.

여진아, 언니가 갑자기 일이 생겨서
오늘 어디를 갈지도 몰라.

> 뭐? 난? 언니만 가야 해?
> 치사 뽕~. 언제 와?

많이 걸릴지도 몰라.

얼마나?

며칠? 아님 한두 달.

뭐라고? 미쳤어?
날 두고 어딜 가?
무조건 오늘 들어와.
아님 나 데리고 가!

안 돼. 언니 혼자 가야 해.
원장 엄마 말 잘 듣고, 밥 잘 먹고,
숙제 잘 하고 있어.

언니, 왜 그래?
다시는 안 올 사람처럼.
어서 와. 나도 데리고 가.
왜 혼자 가는데?

여진아, 이제 톡도 못 보내. 언니는 잘 있으니까
걱정하지 말고…….
사랑해. 그리고 언니가 미안해.

언니! 언니! 박유리!
대답 안 해! 나 울어 버린다!!

"다 확인했으면 여기 사인하고 옷 입어!"

나는 종이에 내 이름을 적는다. 박유리. 특별히 생각해 둔 사인이 없었으니까.

"저어, 팬티는……."

"입어야지. 바지만 입을래?"

비닐 옆에 푸른색 옷이 잘 개켜져 있었다. 왼쪽 가슴에는 502번이라는 번호가 적혀 있다. 옷을 집어 들고 바지를 먼저 입었다. 길이가 길다. 한 단을 접었다. 윗도리를 입었다. 헐렁한 잠옷 같다.

수인복을 입고 나는 그렇게 서 있었다.

'여진이는 잘 있을까?'

등이 차가운 아이. 내가 가서 등을 한번 쓰다듬어야 잠을 자는 아이.

가만히 서 있는데, 옷이 개켜져 있었던 자리에 뭔가가 꿈틀거리며 기어간다. 아까 보았던 벌레였다. 으윽!

자세히 보니 오각형 모양이다. 꿈틀꿈틀 책상 위를 기어간다. 만지면 냄새 난다는 그 뭐더라. 이름이…… 생각이 나지 않는다. 팔에 소름이 돋는다.

"인생은 숫자 구야, 구라고. 구 곱하기 이가 뭔지는 알지? 시팔. 사람은 말야 열여덟에 청춘, 여든 하나 되면 종 치는 거야. 구구 팔십일. 그래서 인생은 구로 시작해서 구로 끝나. 내가 재수 없어서 이런 데서 일하지만 곧 좋은 데로 옮겨 갈 거야. 범죄자들을 더 이상 보기 싫어서 말이야. 너, 인생 종 친 거 알지? 겨우 열여덟인데 이런 데나 오고. 너 같은 것들은 여기서 나가도 또 들어와. 척 보면 알지. 인생 막 사는 애들은 벌써 끝이 보여."

여자는 너 같은 것들, 이라는 말에 악센트를 주어 말했다. 굵은 침방울이 튀었다. 여자는 내가 듣는지 마는지 관심이 없었다. 계속 혼자 중얼거렸다.

'내가 인생 종 치는지 땡 잡는지, 당신이 어떻게 아는데?'

나는 눈을 치뜨고 여자의 등을 노려보았다.

"내가…… 그런 게 아니고요……."

"뭐?"

여자가 뒤돌아 나를 보았다.

"사장 아저씨가……."

"다들 그렇게 말해. 난 죄가 없어요, 라고. 하이고, 그럼 왜 이딴 데 들어올까. 참네, 어이가 없어."

저 여자에게 내가 왜 이런 말을 하고 있을까. 해 봤자 아무 소용도 없는데. 돌아앉은 여자의 등을 노려보았다. 너무 오래 노려보았나 눈이 뜨거워진다. 어느 틈엔가 눈물 한 방울이 툭 떨어졌다.

'어떻게 하지. 여진이는 어쩌지? 여기서 못 나가면 난 정말 전

과자가 되는 건가.'

여자가 갑자기 뒤돌아보더니 나를 위아래로 훑었다. 여자가 다시 신세타령하며 중얼거리는 동안 책상 위에 있던 벌레가 등을 납작 엎드린다. 저 녀석의 귀에도 여자의 소리가 곱게 들리지 않는 모양이다. 그때 벌레가 나를 향해 고개를 쳐들었다.

"따라와!"

까만 벌레가 내 눈을 뚫어지게 보며 말한다.

"싫어."

나는 벌레라면 치가 떨린다. 보육원 식당에서 꾸물거리며 기어가는 바퀴벌레가 뱀보다 더 싫었다.

"너 여기서 저 여자한테 잡히면 끝이야."

까만 벌레는 더듬이를 흔들며 온몸을 부르르 떤다.

"너, 모르겠지만 저 여자 독종이야."

나는 힐끔 여자를 본다. 뾰족한 머리채가 나를 찌를 것만 같았다.

"네 말이 맞아. 독종. 저 여자보다는 그래, 네가 낫겠다."

나는 까만 벌레의 더듬이를 향해 용기를 내서 말한다.

"나는 노린재. 너는?"

"너 만지면 냄새 난다는 노린재지? 아까는 생각 안 나더라."

"그래, 넌 이름이 뭐냐고?"

"난 박유리."

나는 얼른 더듬이로부터 얼굴을 멀리했다. 까만 벌레, 노린
재는 약간 자존심이 상한 듯했다. 저쪽으로 더듬이를 돌려 버
렸으니까.

"아, 미안. 나도 모르게."

"한 번만 봐 준다."

노린재는 책상 위를 부지런히 건너서 책상 다리 쪽으로 내려
간다. 나도 책상 모서리 끝까지 따라간다.

"저기를 어떻게 내려가? 미끄러질 텐데."

나는 놀라서 쓰러져 죽을 뻔했다. 어느 틈에 내가 노린재 만
해진 거다.

"걱정 마. 다리털이 있어서 미끄러지지는 않을 테니."

더듬이 사이에 있는 얼굴이 눈에 보였다. 안경을 끼고 있는
노린재의 얼굴을 보니 풋, 웃음이 나왔다. 그러거나 말거나 노
린재는 더듬이로 내 다리 쪽을 가리켰다.

"네 다리를 보라고."

"악!"

내 다리는 뾰족뾰족 털이 나 있었다.

"인생 종 친 거지."

까만 벌레는 큭큭 웃음을 터뜨렸다. 화가 나기는 했지만 다
리에 털이 나든 말든 상관없다. 여기에서 빠져나가기만 하면
된다.

노린재는 책상 다리를 손으로 잡고 쭈욱, 미끄러지듯 내려갔다. 나는 헐레벌떡 쫓아갔다.

"야, 린재! 같이 가!"

나는 린재처럼 손을 바닥에 대고 기어갔다. 어느 틈에 팔에도 털이 돋아나 있었다. 책상 모서리까지 왔다. 린재가 내려간 밑을 봤다. 눈이 빙빙 돌았다. 너무 높아서 떨어지면 쥐포처럼 납작해질 것 같았다. 눈을 딱 감아 버렸다. 손을 더듬더듬, 아슬아슬하게 책상 다리를 내려왔다. 린재는 한심하다는 듯 나를 보고 있다가 내가 땅으로 내려서자 어깨를 툭 쳤다.

"이렇게 겁이 많은데 여기는 어떻게 들어왔을까? 너처럼 겁 많은 애는 처음 본다."

"나 말고 다른 애들도 만났니?"

"그럼! 내 말 안 듣고 이 문을 빠져나간 애는 한 마리도 없어."

"한 마리?"

린재가 나를 곤충 취급했다. 나는 화가 났지만 참았다.

"그럼. 한 마리지. 너를 봐 봐. 넌 네가 뭐라고 생각하는데?"

내 몸을 둘러봤다. 이럴 수가. 말도 안 돼. 싫어! 싫다고!

나는 박유리가 아니라 모든 게 노유리였다. 아니, 박린재다. 어쩌면 좋아, 이제 나는 벌레다.

"빨리 나가고 싶지 않아? 너한테 절실한 이유가 없으면 여기서 절대 못 나가."

린재는 나를 보더니 우습다는 듯이 콧방귀를 뀌었다.

"이유? 나를 기다리는 동생이 있어. 보육원에서 알바가 끝나고 오는 나를 매일 기다리는 아이야."

그다음 말은 입 안에서 맴돌았다.

내 작은 등에서 떨고 있었던 여진이. 눈물이 흘러 내 등을 적셨던 아이. 엄마랑 아빠가 하늘로 떠나면서 두고 간 내 동생. 엄마 아빠는 왜 우리를 두고 갔을까? 아니다. 두고 간 게 아니라 우리가 깨어난 거지. 우리는 차에서 발견되었다. 속초 앞바다에서.

"정신 차리고 날 따라오기나 해."

린재는 벽 쪽으로 몸을 돌리더니 사정없이 달리기 시작했다. 나는 얼떨결에 린재를 쫓아가기 시작했다. 벽으로 가는 길은 멀었다. 달려도 달려도 벽은 그 자리에 있었다.

다행히도 끝은 보였다. 벽 가까이에 다가갈수록 뭔가 희미하게 보였다. 문이었다.

'여진이한테 가야 해. 저 문을 통과해서 바깥으로 가야 해.'

린재는 그곳으로 들어가고 있었다. 나는 길을 잃을까 봐 죽기 살기로 린재를 따라갔다. 문으로 막 들어가려는 린재의 뒤꽁무니를 붙잡았다고 생각했다. 하지만 린재는 나보다 빨랐다. 린재는 벌써 문을 열고 들어갔다. 문이 닫히려는 순간, 나는 간신히 문을 잡았다. 문을 열고 안으로 들어갔다. 깜깜했다.

어디가 어딘지 앞을 볼 수 없으니 눈을 뜨나 마나였다.

거기서도 그랬다. 아주 깜깜했는데 갑자기 불쑥 손이 들어왔다. 그리고 비닐 봉투에 싸인 어떤 물건이 내 손에 잡혔다. 나는 그 봉투에 든 것이 무엇인지 몰랐다. 편의점 사장, 그놈이 시켜서 심부름만 했던 거다. 뭔가 구린 게 있었지만 심부름값이 생각보다 컸던지라 유혹을 뿌리치지 못했다.

난 곧 보육원에서 나와야 하는 나이가 되었다. 여진이도 데리고 나오려면 돈이 필요했다. 심부름값이 커서 잠시 망설였지만 했다. 뭔가 찜찜해서 하지 말까 고민도 했다. 하지만 난 막다른 골목에 있었다. 다른 결정을 할 수 있는 여지가 없었다.

그것만 갖다 달라고 했다. 나는 아무것도 모르고 약속 장소에 갔고, 창고 같은 곳에서 물건을 받았고, 창고에서 나오다 경찰들에게 잡혀 여기까지 온 것이다. 그게 이렇게 큰일이 될 줄은 미처 몰랐다.

경찰들에게 잡혔던 그때처럼 여기도 깜깜하다. 숨이 막힐 것만 같다. 손을 허우적거렸다. 깊은 도랑에서 빠져나오지 못할 것 같다. 그때 누군가 내 손을 잡았다.

"누구야?"

나도 모르게 소리를 질렀다.

"여기야, 여기."

린재다.

후유. 숨이 쉬어진다.

린재를 따라 앞으로 조금 가니, 철로 된 문이 손에 잡힌다. 손잡이를 잡았다. 있는 힘껏 문을 잡아당겼다. 눈이 확 부셨다. 나도 모르게 눈을 질끈 감았다.

하늘이다. 파란 하늘, 구름이 떠 있는.

나는 터벅터벅 걸어 나간다. 오늘은 참 쓸쓸한 날씨였어요, 라고 말하고 구치소 바깥으로 나간다. 그렇게 하면 끝이다.

얼른 지나가는 택시를 잡아타고 행선지를 말할 것이다.

다리에 돋아난 굵은 다리털과 팔에 돋아난 소름을 씻을 만한 곳을 말한다. "목욕탕으로 가 주세요."라고.

"박유리, 나와! 무혐의 출소다."

어딘가 꿈결처럼 아련하게 들리는 목소리다. 독종의 목소리인가?

나는 한쪽 눈을 천천히 떴다. 노린재는 없어졌다. 대신 배가 부른 여자 교도관이 문을 열고 들어왔다. 교도관이 열어 놓은 문 뒤 담장 너머로 별이 보인다.

"뭐 하고 있어? 502번."

눈을 동그랗게 뜨고 교도관을 보았다. 단발머리에 눈이 옆으로 긴 여자 교도관이 문을 열고 서 있었다. 큰 임부복이 터질 것처럼 배가 나온 교도관은 숨을 크게 내쉬고 있었다.

"네."

나는 하얀 고무신을 신고 입소 대기실을 빠져나갔다. 오른쪽으로 돌아가니 긴 복도가 나왔다. 여자 교도관은 철망으로 된 문을 열고, 왼쪽으로 꺾인 복도로 걸어갔다. 좁고 긴 복도에는 밥과 반찬 냄새가 뒤섞여 묘한 냄새를 풍기고 있었다. 숨이 꽉 막히는 것만 같다.

'린재는 어디로 갔을까?'

나를 여기서 빼내 준다고 하더니 없어져 버렸다.

우당탕탕, 바퀴 달린 밀대를 여자들이 밀고 있다. 밀대 위의 양은 통에서 김이 모락모락 났다. 밥이다. 뒤의 다른 밀대에서는 국이 옮겨지고 있는 중이다.

꼬르륵! 배에서 신호를 보냈다. 이 상황에서도 배 속에서는 신호를 보낸다. 화가 난다. 여기에서 얼마나 갇혀 있게 될지 모르는데 꼬르륵이라니.

교도관은 철문을 옆으로 밀고 다닥다닥 붙어 있는 방들을 지나쳐 간다. 나는 저녁 배식을 하고 있는 여자들 옆을 지나쳐 뒤뚱거리며 걸어가는 교도관을 따라간다.

"다동 105번 방이야. 들어가. 신발은 들고."

철커덩, 열쇠로 문을 여는 교도관의 손을 내려다본다. 작고 하얗다. 철문이 열렸다. 콩나물 김칫국 냄새가 얼굴을 확 덮쳤다. 나무로 된 방바닥에 발을 디뎠다. 왼손에는 하얀 고무신을 들고 고개는 숙였다.

'이 방에 어떤 사람들이 있을까, 나를 힘들게 하면 어쩌나.'

학교에서 나를 못살게 굴던 아이들 얼굴이 겹쳐서 눈을 뜰 수가 없었다. 고무신을 들고 쥐 죽은 듯이 서 있었다.

"앉아! 밥 먹는데 그렇게 서 있을래?"

눈을 떴다. 사람들이 바닥에 빙 둘러앉아 있었다. 밥공기가 사람들 앞에 하나씩 놓여 있었다. 가운데에 김치와 국과 콩자반이 있었다. 내 발밑에도 밥공기가 놓였다. 나는 엉거주춤 앉았다. 사람들은 아무 말 없이 각자의 공기에 반찬을 적당히 덜어서 밥을 씹고 있었다.

"좁아 죽겠는데, 왜 우리 방이야?"

가운데 앉은 사람이 밥공기를 신경질적으로 내려놓으며 말했다. 나는 움찔 놀랐다.

"그러게 말이야. 아우, 재수 없어."

옆에 앉은 뚱뚱한 여자가 말을 보탰다.

"야, 비듬 떨어져. 빨리 앉아서 밥 안 먹을래?"

"그래그래, 이제 우리 방 식구니까 인사나 하자. 난 308번이야. 넌 502번이네. 얼른 앉아서 먹어. 배고프겠다."

마음씨 좋아 보이는 아줌마가 내 손을 잡아끌었다. 나는 엉거주춤 서 있다가 자리에 앉았다. 살벌한 분위기에 나는 밥을 억지로 떠 넣었다. 소화가 될 턱이 없었다.

저녁을 먹자마자 나는 배가 아파 식은땀을 흘리고 화장실을 들락날락했다. 화장실이라고 해 봐야 방에 딸린 코딱지만 한 곳이었다.

"여기요."

마음씨 좋아 보이는 308번 아줌마가 교도관을 불렀다.

"308번, 왜요?"

"얘가 첫날이라 먹은 게 얹혔나 본데."

"502번, 왜?"

나는 배를 움켜쥐고 식은땀을 줄줄 흘리며 작은 창으로 교도관을 쳐다보았다. 독종이었다.

"배가⋯⋯."

"나와."

삐그덕, 철문이 열렸다. 독종을 따라 복도 끝으로 걸어갔다. 걸어가면서도 배가 아파 허리를 잔뜩 구부리고 걸었다. 의무실이라고 쓰여 있는 방에 들어갔다.

"퇴근하셨나. 의사 선생님⋯⋯ 어디 있지?"

독종은 여기저기 서랍을 뒤지더니 알약을 하나 꺼내 주었다.

"소화제야. 먹고 여기 좀 누워. 화장실은 저기."

독종이 준 소화제를 먹고 나는 철제 침대에 누웠다. 이불에서 오래된 식당 냄새가 났다. 속이 다시 울렁거렸다. 입을 틀어막고 화장실로 들어갔다. 화장실 냄새가 지독했다. 변기 뚜껑을 열자마자 소화되지 않은 김치 조각들과 콩자반 부스러기들이 한꺼번에 나왔다.

'우리 여진이. 저녁은 잘 먹었을까?'

내가 없어서 방에 처박혀 울고 있을 거다. 톡이나 문자가 왜 오지 않을까 궁금해하겠지. 핸드폰을 손에 꼭 쥐고 방구석에 누워 있을 텐데. 여진이한테 톡을 하고 원장 엄마한테 전화를 했다. 상황을 자세히 말할 수는 없었지만 대충, 사고가 생겨 내가 어디에 잠깐 들어가 조사를 받고 나갈 거라는 말만 했다. 원장 엄마는 깜짝 놀란 눈치였다.

보육원 이름도 말했냐고 물었다. 그 말은 안 했지만 다 알고 있는 것 같더라는 말만 했다. 원장 엄마는 한숨을 내쉬더니 잘 있다가 나오라는 말만 했다. 이를 악물고 있는 게 보이는 것 같았다. 뭔가를 참는 게 익숙하지 않은 사람이었다. 참아야 할 때는 늘 이를 악무는 게 원장 엄마의 버릇이었다.

배를 움켜쥐고 다시 침대로 왔다. 침대에 올라가다가 쾅당, 바닥으로 떨어졌다. 콘크리트 바닥이 얼음장처럼 차가웠다. 힘들게 침대 위로 다시 올라갔다. 침대에 깔려 있는 얇은 이불은 차갑고, 창밖은 깜깜했다. 밖에서는 간혹 오가는 교도관들의 목소리만 들릴 뿐이다. 회색 천장이, 회색 벽이 가슴을 누르는 것 같았다. 숨이 잘 쉬어지지 않았다.

울컥, 또 소화되지 않은 음식물들이 올라올 것만 같다. 얼른 화장실 문을 열었다. 더 이상 토할 게 없는지 쓴물이 올라왔다. 눈물 콧물이 흘러내려 범벅이 되었다.

'나는 이제 어떻게 되는 걸까. 누가 날 찾아와 줄까. 여진이는 누가 잘 보살펴 줄까.'

웅크린 자세로 얼마나 있었을까. 잠이 들락 말락 할 때였다.

"야, 502번. 빨리 일어나."

노린재였다.

"어디 갔다 왔어. 왜 갑자기 없어진 거야?"

나는 볼멘소리를 했다. 약 때문인지 배 아픈 건 조금 나아졌다.

"빨리빨리! 독종이 오기 전에."

린재는 또 재촉하기 시작했다.

"그래, 가자!"

린재가 앞장서서 침대 다리를 내려가기 시작했다. 나도 린재를 따라 침대 모서리를 지나 침대 다리에 달라붙어 천천히 밑으로 내려갔다. 어느새 내 팔과 다리에 뾰족뾰족한 털들이 나서 미끄러운 침대 다리를 내려가는데 지장은 없었다. 린재는 바닥에 내려서더니 멀리 있는 문을 향해 쏜살같이 달렸다.

"저기야."

"같이 가!"

나도 힘껏 달렸다. 문은 아주 컸다. 그래서 가깝게 보였다. 하지만 우리처럼 작은 벌레들이 가기에는 너무 멀리 있었다. 저기까지 정말 갈 수 있을까.

"린재야, 잠깐만 쉬었다 가자. 배 아파."

"아휴, 왜 이리 약골이야?"

린재는 투덜거리면서도 기다려 주었다. 헉헉거리면서 린재가 있는 곳까지 닿자마자 나는 벌러덩 드러누웠다. 내 팔과 다리가 허공에서 벌벌 떨렸다.

"린재야, 우리 어디 가는 거야? 나…… 105번 방으로 가야 하는 거 아냐? 지금 안 가면 이곳에서 영영 못 나가는 수가 있어. 평생 여기서 썩을 수도 있다고."

"걱정 마. 다들 그렇게 말하더라. 하지만 나를 따라와. 그럼 후회는 안 할 테니."

린재는 다시 문을 향해 달리기 시작했다. 나도 그 뒤를 따라 달렸다. 아주 힘겨운 일이었다. 헐떡거리는 숨을 참고 달렸다.

이제 회색 문이 거의 손에 닿을 듯 가까워졌다. 정말 거대한 문이었다. 린재는 문틈으로 몸을 쑥 밀어 넣었다. 나도 그렇게 했다. 문 뒤에는 이제 막 노을이 퍼지는 수평선이 있었다. 너른 들판에 작은 풀들이 바람을 따라 이리저리 춤을 추고 있었다.

멀리서 뚜우뚜우 뿔 나팔 소리가 들려왔다.

"가자. 엄마 아빠가 기다리셔."

린재는 한 곳을 가리키며 말했다. 엄마 아빠가 어디서 기다

린단 말일까.

"우리 부모님은 돌아가셨어."

린재는 내 말에 대답도 없이 천천히 길을 따라 걷기 시작했다. 길옆에 작은 시냇물이 있었다. 나는 무심코 물 위에 어른거리는 내 모습을 보았다. 노린재 한 마리가 더듬이를 꼼지락거리고 있었다.

"뭐 해? 빨리 가자니까. 문 닫히기 전에."

나는 어느새 커다란 문 앞에 서 있었다. 나는 문을 향해 더듬이를 힘차게 펄럭였다. 철문이 아니라 나무 문이다. 힘은 덜 들 것 같았다.

"린재야, 엄마 아빠가 아니라 여진이야. 난 여진이를 만나러 갈 거야."

"그래, 그건 네 자유야. 네가 원하는 게 그거라면 그렇게 될 거야."

여진이를 만나러 가야지. 나를 기다리다 지쳐서 잠들었을 내 동생.

엄마 아빠가 우리를 떠났을 때 나는 6학년이었다. 여진이는 1학년이었다. 우리는 달랑 둘이 남았다. 지구상에 달랑 둘. 할머니도 할아버지도, 아무도 없었다. 속초로 향하는 차 안에서 나와 여진이는 들떠 있었다. 엄마나 아빠는 뭔가 아니었다. 아무 말도 없이 창밖만 바라보던 엄마가 마지막으로 우리에게

한 말.

'안 추워?'였다. 엄마가 아침부터 겨울 패딩을 껴입혀서 춥지는 않았다. 오히려 옷 속으로 땀이 삐질삐질 흐르고 있었다. 그때는 춥지 않았다. 그 후로 내 인생은 몹시 추웠다. 여진이도 마찬가지였다.

"뭐 해?"

재촉하는 린재의 목소리가 들렸다.

문 너머에 따뜻한 여름이 기다리고 있으면 좋겠다.

하늘, 파란 하늘.

구름이 떠 있는 파란 하늘이 기다리고 있으면 더할 나위 없이 좋겠다.

등이 차가운 아이.

내가 등을 쓰다듬어 주어야 잠이 드는 내 동생 여진이가 저 앞에서 웃고 있을 것 같다.

첫눈

들판을 걸었다

오리도 남쪽으로 날아가고
딱딱하게 굳은 땅을 밟았지
해는 뉘엿뉘엿
오래된 길에서는
군불 타는 냄새가 났다

돌아갈 집이 있다는 게 고마웠어
울진이든 포항이든 떠나
그리고 돌아와
너의 집으로
너의 집을 따뜻하게 만들어
돌아가서 네가 쉴 곳이니까

쌓이겠다, 눈
잘 다녀와

날아오르네
새들

아침 산책길에서 만난 아이들이 떠오른다. 새벽이었고, 학생들은 학교를 다니고 있는 주중이었다. 중3 아니면 고1쯤 되는 서너 명의 남학생들이 자전거를 끌고 횡단보도에 서 있었다. 해가 막 떠오르는 여명의 시간. 환한 웃음을 지으며 저희들끼리 이야기를 주고받는 그 모습이 어찌나 사랑스럽고 대견한지……. 초록불로 바뀌자 그들은 페달을 밟고 사라졌다.

돌아서서 집으로 가는 길에, 그때 나는 왜 눈시울이 뜨거워졌을까.

환한 웃음이 그저 환할 수 없음을, 그 시절은 다 그런 거라는. 하지만 어둠의 터널을 지나 잘 견디고 잘 커 나가리라는 믿음을……. 그런 여러 가지 감정들이 복잡하게 나를 감쌌던 것 같다. 아직도 그날 학생들을 만났던 그 순간의 이상했던 떨림을 잊을 수가 없다.

나는 그들이 행복하기를, 마음 다치지 않고 평온하기를, 마음 다쳐도 툭툭 털고 일어나기를 바란다. 마른땅에 첫눈이 오고 있다.

김포에서 정승희